戀戀天堂

——杭浙遊

陳亞南【著】

HANGZHOU & ZHEJIANG

序：十個啟示

壹

旅途的每一天都像一個小環，一個小環扣著一個小環，連成一條鍊子似的人生，我珍惜每一個小環的存在和歷程。出來旅遊真好，天地無限大。

貳

最美麗的浪漫往往出現在心情完全放空的時候，深谷、浪花、森林，靜觀都能自得。再不出來玩，人都要老了。

參

心靈嚮往哪裡，就到哪裡去，自由自在、歡喜大笑。

肆

錯失與獲得的，都不是人生最重要的東西，人生最重要的是——走下去，看下去。

伍

瞧那樹上的麻雀與地上的松鼠，多麼自適與靈巧。

人也不必老是嫌怪自己的瘦弱與平凡，走在大地上，你就是大地的風景，只要抬頭挺胸，抖擻笑著，就是美景一瞥。

陸

對於金錢，要做他的好主人，掌控他不要被他驅使。

可是對於旅行，要做他的懶僕人，任性些盡情撒賴，多賴著一會兒，每一秒鐘都覺得過癮。

柒

別問還要多久才會到達目的地？問這句話，你一輩子都無從領會旅行的快樂和滋味。有時候旅途中，反而更多的奇景和奇妙。

捌

有時候，人要走到很遠很遠的地方，才會認清和明瞭自己究竟喜歡的是什麼，在意的是什麼！

玖

生活、旅程、世事都沒有完美可言，但是我們不是為了殘缺而誕生。另外二分之一的圓，必須靠自己去隨機補足和描繪；就像弦月的姿態，其實充滿了圓滿的遐思和希望。

拾

旅途點滴有朋友聆聽，津津有味，肯定旅程的快樂。

但是再怎麼精彩的風景，也留些給同行同好者讓他們來述說，旅行的快樂加倍哩，因為我們都走在同一個地球上。

陳亜南

目次

卷三　千載多情

卷四　奇觀勝水

卷五　美食桃源

卷一

天堂人間

最美的天堂不在天上，最美的天堂在人間。山水、仙鄉在每個人的腳下，在每一天車程的窗口。

儘管旅程會結束，但是那些花紅柳綠、煙雨瀑泉、笑聲人影以及俯拾即是的驚鴻，在我們的記憶深處，它們越來越鮮明。

湖邊涼亭。小坐小憩，將自己放空，旅人的快樂莫過於此。

天堂碧玉——杭州西湖

劉伯溫說：大江之南風景殊，杭州西湖天下無。

白居易說：未能拋得杭州去，一半勾留是此湖。

因為天堂的美玉，讓不苟言笑、諷諭時政的詩人也儒雅風流了。

也因為天堂的一塊美玉，人間有了西湖。

天堂碧玉　杭州西湖

人說：上有天堂，下有蘇杭。杭州之美說得如此露骨。西湖的風景，四季都有特色，無論晴、雨、晝、夜，不同氣象、不同意境，「淡妝濃抹總相宜」西湖之美如西子，西湖十景的蘇堤春曉、柳浪聞鶯、曲院風荷、南屏晚鐘、三潭映月……。

如此綺麗的風光，照理只應天上有，怎麼會出現在人間呢？有什麼緣故？

通靈碧玉　成西湖

相傳，浙江杭州原來是沒有西湖的。

在遠古時代，天河兩岸旁各自住著一條玉龍和一隻彩鳳，出神入化，是為神物，他們相處非常融洽，常常相約一塊玩耍、聊天，日子逍遙愉快。

一天，閒來無事，玉龍和彩鳳又約著一道玩耍，遊東飛西，好不逍遙，正陶醉天堂聖地賞美景時，發現天河旁的一角落裡有異光璀璨，便前去探看。一探之下，竟是一塊璞玉。拿起來端詳一看，那璞玉內涵通體如水，瀅澄碧綠，光芒內斂，肯定已獲天地靈氣。他們知道那是稀有的寶物，商量著如何作最好的處理，最後決定把璞玉琢磨成一顆寶珠，可以隨時握在手裡把玩。

於是，從那天開始，玉龍和彩鳳從不間斷的每日用嘴雕琢，又用指爪修飾，在鍥而不捨的功夫下，花了七七四十九天（天上一日，人間一年）終於完成心願，將璞玉琢磨成一顆光彩奪目，水光粼粼的寶珠。由於寶珠煉就，靈氣直上霄漢，光芒四射，玉龍和彩鳳見此光景，目瞪口呆，一時間也不知如何收藏了，於是決定藏放在天河邊的芝草下，以便每日前來共同賞玩。

因為寶珠靈氣沖上天庭，驚動了天宮王母娘娘。她來到天河邊，一眼就看見寶珠光澤瀅潤，通體明透，確為難得的絕品。天庭河邊的珍寶應該妥善安放啊，便帶回了天宮。

玉龍和彩鳳在天亮後，來到天河邊玩耍，想要取出寶珠賞玩時，發現寶珠不見了，循著寶氣珠光，知道是王母娘娘拿去，便速速去到王母娘娘宮庭。

不料王母娘娘非常喜歡那顆寶珠，同時認為：寶珠既是天河邊所見，大家都可以賞玩，與其放在天河邊，不如放在她這兒更為妥當。

這下，惹惱了還帶著稚氣的玉龍和彩鳳，他們說寶珠可是他們辛苦雕琢的，理當由他們保管。正當他們和王母娘娘爭執的時候，看到寶珠就盛放在香案的一只金盤上，於是一個快步直闖香案；王母娘娘的侍女也十分機伶，窺出他們的打算，也搶趕上前阻止，就在拉拉扯扯的情況下，金盤不慎翻落，寶珠便從盤中滑落，正好落在浙江杭州，因為寶珠的通體粼粼，立刻幻化成了一汪碧綠清澈的西湖。

寶珠本來就是天上之物，具有天地靈氣，這樣一來，杭州可是受到潤澤了，所以從此地靈人傑，成了人間福地，西湖美景如畫，而且百年來代代有新光澤加護，才子佳人的美事更層出不窮。

就打那個時候開始，杭州多了個西湖，並且因著西湖，杭州而成為歷史、文化和世界知名的勝地。

湖心盪舟　三潭映月

清晨涼風拂面，蒿槳撥出圈圈水花。湖心亭如同湖中一朵蓮，吸引眾人心眼。多麼幸福的事！一大早，就享受了天地的開闊和承載。有家人相伴，有同伴相親，有天地的大美在眼前。

遊西湖，招一艘遊船，搖櫓也好，電動馬達船也好，湖心盪舟，生命的美好時刻就延得長長的了。當然，我知道人世的滄桑：有的朋友早已匆忙遠離，再也不能出現；逐漸走下坡的健康，令人聞之色變的病疾纏上身來。可是，看湖中倒映著天光，看柳條堤岸搖拂，看雲朵如畫船，能夠把手中的每一個日子都過得精彩而有意義，畢竟還是幸福。

任意張望裡，踏上「小瀛洲」。小陸地有湖水環繞，清新脫俗；柳蔭群樹婆娑，綠遍天涯，走過彎轉的九曲石橋，又有長亭迎接。真如這一對聯：

> 退食有餘閒，當載酒人來，莫辜負萬頃波光，四圍山色。
> 臨流無俗慮，有彩蓮船去，只聽得一聲漁唱，幾許疏鐘。

啊！金主完顏亮就是聽唱「三秋桂子，十里荷花」，深深嚮往和羨慕起錢塘杭州的繁華，而起了南侵渡江的野心。莫怪南宋偏安一隅，貪圖享樂的趙構把杭州弄得千里珠簾、繁華錦簇。其實即使是今日，本已離亂劫後的西湖，也在人為復建後以更新的面貌和生命，創建了令文學家、平凡百姓、旅遊人詠嘆流連的佳水名城。整建的連霄高樓、環城的高速道路，一只背包、一張地圖，就可以前來。湖中的剪波燕影、越陌鶯啼、西湖歌劇，以及閒逸相攜的雙手，在在都勝過舊時的風韻，麗質天成的杭州，想要粗服蒙首、低調終老，就算沒有狗仔隊嗅聞，也難隱藏呦。

西湖，淡妝濃抹總相宜的古老西湖，詩詞文賦中熟悉了千百回，同時我早已來過了二、三趟，近午的陽光，仍阻止不了我們的流連。步過長堤，坐在湖邊，等待日移疏影，享受沒有固定景點，卻處處景點的時光，也在幾株拂曳垂柳下拍幾張照，能留住這絲絲浪漫，多好啊。

蘇堤春曉　六橋煙柳

吃過午飯後，旅遊行程走蘇堤。

父親說他換了雙軟底鞋，準備走完全程。

團中的人紛紛對父親豎起了大拇指，父親也高興得一副好似說小意思的神情。一整個路上，他始終笑著。啊！帶老人家出來旅遊，尤其來西湖，真是最好的返老還童秘方。

蘇堤即是蘇東坡官杭州知府時所築的約四里的長堤，時在元祐年間，這長堤，將西湖分成了裡西湖和外西湖兩湖。由於以湖中淤泥填築，土沃肥潤，一桃一柳夾道，紅霞緋頰、綠柳拂鬢，西湖嫵媚生姿。春天時候，朝曦自桃紅上出，宿霧遮面，飛英蘸波，彷彿自天罩下錦繡披緞。而我們這炎夏天來，也有美麗可嘆，搖曳的柳條，雜樹油亮的大葉，拂過湖面的長風，父親一步步走，比著我們更多了一份珍惜。我，怕他累著，請他坐車，他還顯得有些生氣。我們從堤上小販處買了幾個桃子，一面吃一面遊晃。靠湖邊有些乘涼椅子，我們有時小坐小憩，看看湖中船行，這時，我竟聽到父親滿足的長長吐氣了。

西湖　白居易、蘇東坡

蘇堤上有六座石拱小橋，東坡詩中曾描述：「六橋橫截天漢上，大堤楊柳多昌豐」。很多船隻停泊在橋下陰涼，映波、鎖瀾、望山、壓堤、東浦、跨虹，每一橋都有一橋的秀麗和瀟灑。

其實西湖在唐代以前未經開發，不過是一個占地廣大的長滿菰草，又低下潮濕的沼澤水地而已。從白居易官杭州刺史，開始加以開發，首先將湖中菰草挖出，使葑田填築為一道堤岸，就是今天的白堤，讓湖水漸漸沉殿清澈。及至宋代，湖水又漸漸淤塞，正巧蘇東坡官杭州通判，元祐四年又以龍圖學士出知杭州，二度主杭，將西湖重加疏濬，另築一堤，由西冷橋起連接白堤，由南而北，達南岸山腳，大家就稱它為蘇堤，又因為滿植桃花、楊柳來護加堤防，所掘挖出來的葑泥也築成了小渚州，就是三潭印月的所在。為了疏通水源，蘇堤上建築六道拱橋，每一道的造型都不同，可說實用又藝術。「斷橋殘雪」、「六橋煙柳」、「蘇堤春曉」等膾炙人口的景色都在蘇堤、白堤上。

靈隱香火　雲林煙霧

和父親一趟十二天的江南旅行，僅西湖一地就待了四天。

遊靈隱寺，這是不可錯過的地方。一大早，一團人裡，有我和朋友扶著爸爸由岳廟前行，北山一向熱鬧，總是遊人絡繹不絕。

靈隱寺並不只是一座寺廟，而是由幽谷、清溪、古寺、石刻、岩洞，共同組成的佛門勝地。入靈隱大道，香火煙霧蔽天。靈隱香火極盛，遠道來燒香禮佛的人真多，這靈隱寺創於東晉咸和元年（西元三百二十六年）距今已經一千六百多年了，這麼長的時空中，又多了很多帝王，文人品題，盛名更顯了，清朝那個老愛下江南的康熙就賜名：「雲林禪寺」，大大的木匾掛在大門上面。印度高僧慧理認為這個地方和他家鄉中天竺國很像，就寫了「靈鷲飛來」四字，掛於「雲林禪寺」的匾額下方。

由於靈隱寺的建築採上升式，一層比一層高。從大門天王殿有台階上升，而天王殿到大雄寶殿之間再升。大雄寶殿前有很大很大的平台。父親說他只要到這兒就盡興了。香煙繚繞中，我陪他在大雄寶殿前站立了很久，我想他一定在跟佛祖說什麼，我們家有一些不能觸碰的點，所有的掛慮父親都藏在心底。他低著頭搗著眼好一會兒，直到嘆嘆氣，才又回到平常我熟悉的那個靜默、慈祥的父親，和我一起找個樹下坐著，等候其他的隊友。

說來父親這一早上走了很多路，尤其進入靈隱寺前的九里松，黑松、黃山松、馬尾松……，松林綠帶，濤聲如潮，父親堅持慢慢走來。拜佛全在心誠，父親正是這樣心情。

大雄寶殿後壁有海島觀音圖，我本想前去瞻仰。但是不放心人潮中獨坐的父親。我一面看著歇息的父親，一面抄寫大殿前的楹聯。入山門處葛洪題的「絕勝覺場」橫匾，山門有聯：「龍澗風回，萬壑松濤連海氣；鷲峰雲斂，千巖桂月映湖光。」大陸很迷信第一，很多地方非要找個什麼第一，這大雄寶殿就被封上：堪稱江南第一。

冷泉亭　飛來峰

靈隱區內，我比較喜歡冷泉亭，董其昌撰寫聯云：「泉從何時冷起？峰從何處飛來？」左宗棠有一聯，似乎在回答：「在山本清，源自山頭冷起；入世皆幻，峰從天外飛來。」一山的翠綠，像一杯用眼睛喝的薄荷冰淇淋。面對這麼可口清涼的風景，還會再想移身到哪兒去呢？這不就是天堂？

從靈隱寺出來，我們還是沿著溪山到飛來峰。

飛來峰又叫靈鷲峰，在靈隱寺前方不遠。峰高不過一百六十八公尺，長約八百公尺，寬約四百公尺，也不過石灰岩構成。山不在高，有仙則名；水不在深，有龍則靈。由於長期受到地下水的融蝕，形成許多奇特的洞景，高的像廳堂，低的又如窖藏，長的似迴廊，短的又若幽室，曲曲折折。

冰石床　青春永駐

最南的青林洞，有一張石床，七月流火裡還是好冰涼。隊上朋友說：小龍女床，一睡青春永駐。

雖然這樣說可是沒有人敢不敬的，據說那是濟公和尚的醉臥床。倒是有一兩個大陸客猛往上跳，惹得公安前來制止。

玉乳洞壁有一些鐘乳，靠南石壁上有觀音、釋迦、大勢三尊佛像，以及其他多尊羅漢。洞深濕滑，曲折幽暗，又要顧路又要瞻看佛像，真有些吃力。大家反而笑彎了腰，說這才有些像朝山。而由靈隱過飛來峰再下天竺寺，又充滿林壑之美。

過去人說：山窮水盡疑無路，柳暗花明又一村。這種情景，一般來說就是曲徑通幽，當我順路前進，轉了一彎又一彎，上了一坡又一坡，過了一林又一林的時候，我才真正佩服過去人的寫景之詞，的確傳神寫實。

尤其，這一段不僅風景最佳，山邊還有些可愛的小石頭。白居易離杭時，曾攜帶此地的二塊石頭回家，安置在園中池上；蘇東坡到杭州時，僧友惠潔也以這兒的石頭相贈。所以我一直低頭走路，一心希望揀一塊玉石，直到父親喊我：ㄚ頭，沒了啦。

哈！想當然，好東西可有的是收藏著啊！

夜遊　保俶塔照路

杭州的治安還不錯，夜晚各街巷燈火璀璨，少去了白日的熱照，很適合四處走走逛逛。隊上的朋友有人叫了打提逛吳山廣場去了，也有人去逛夜西湖，我和父親則沿著湖濱路走走，看看百貨公司、一些廣場和市民生活。

父親很有趣，他到百貨公司裡要買類似少林工夫的軟底布鞋，竟然在一家賣高檔繡花鞋的店裡買到了，同時先去逛夜市的朋友又買了一根拐杖送給他，他一面接受一面說今天真是過年。

逛杭州市，一點也不必擔心迷路，回程時候，我們只要看著遠遠高聳的保俶塔就找得到旅館了。

夜晚的保俶塔，發出琥珀色和翠琉璃的燈光，要比白日時來的美麗。高四十五餘公尺的塔身，亭亭在西湖外環的丘陵上，挺拔秀逸。有人稱它是湖上「美人」，說得一點也不錯。可是，我覺得它應該更像是湖上的「美人媽媽」，日夜守護著西湖，不論晴雨、不論晝夜，只要看到它，就知道西湖已近了。事實上，在高嶺上建保俶塔有個故事的：

相傳趙匡胤即位，建國「大宋」之後，就下詔吳越國王錢鏐進京，百姓為了祈求國王能平安歸來，除了積極建造崇壽寺，寺內又再造一高塔，來表示肯求的虔誠，就是這舊名應天塔或寶所塔的保俶塔了。不過現在的俊秀高眺模樣，已是現代重建塑身的。但是不管如何，它就是西湖的標誌之一。

戀戀西湖　三次來訪

黃昏，暮色。風大了些，柳條搖曳著。

人說：上有天堂，下有蘇杭。把杭州之美說得如此露骨。我，三此來訪，的確認同。

杭州是中國六大古都之一。春秋時候的越國，其後公元十世紀的吳越和十二世紀的南宋，都建都在此，經過千百年的建設經營，杭州在歷史文化、人文藝術的薰陶和改造下，發展出了它獨立的氣質與特色。其中「西湖」最具代表，可以這麼說：若沒有西湖，杭州也不能稱為天堂了。

人間天堂杭浙遊，早盼著的呢！第一次來大陸，就到了杭州西湖。

這已是我第三次的遊西湖，前兩次是夏季和初秋，雖說杭州城燠熱得很，可是燠熱中湖邊一坐，仍是滿足得不得了。當然，這次西湖遊在春天，帶著先生來，一方面春景讓我殷切盼望，另一方面補償了對先生的虧欠。怎麼每次遊大陸都只帶父親呢！

西湖的風景，四季都有特色，無論晴、雨、晝、夜，不同氣象、不同意境，「淡妝濃抹總相宜」有人說：西湖之美如西子，西湖有十景：蘇堤春曉、柳

蘇堤前萬頃波光，四圍山色，有船舟搖盪。涼風習習中，愜意！

浪聞鶯、曲院風荷、南屏晚鐘、三潭映月、……。環繞西湖的有：超山梅花、滿覺桂隴……

如此綺麗的風光，照理只應天上有，如今出現在人間，難怪讓人流連忘返。儘管是黃昏時候來到，斜照的陽光將枝梢打上帶金亮的光點，仰頭盡是交織的細枝嫩葉，橫翠波浪的遠山成了美麗的招呼，清涼又帶著溫暖的風，直往心裡吹來，衣袂飄飄，啊，好輕鬆呀！

哪怕只是一時片刻，已經讓我們覺得西湖邊的神奇了。

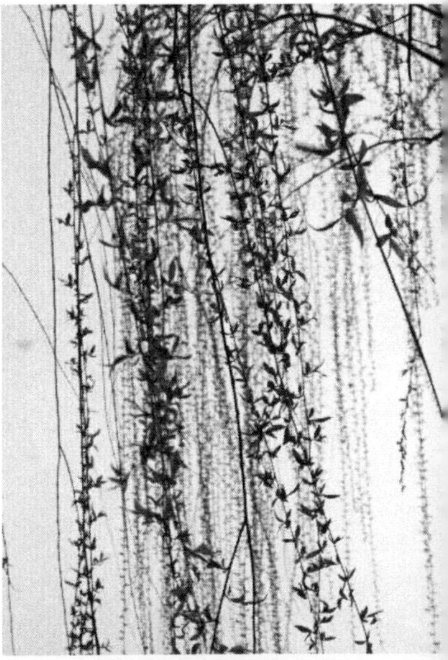

堤岸楊柳如翡翠卷簾，
想像六橋煙柳的迷情。

後記

啊，杭州好大，不，僅說西湖也不是十景、百景能說、能遊完的。四季的更迭流轉，美景的可愛更有變化，雖是走馬看花，帶著隨緣法喜，閒適怡然，以及不盡的回味和推想：春的燦爛、夏的蓊鬱、秋的豐饒和冬的澹爽，西湖就更美了，也就更充滿滿心的歡喜了。

游了三趟西湖，還會再來嗎？有機會一定。

桃李不言，樹下自會走成小路徑。

西湖不言，伊甸天堂，陶醉歡喜的人自會前來走成熱鬧。

蘇堤春景迷人醉。

魯迅啟蒙時的「三味書屋」，
有了星光般閃爍的光芒。

三味書屋——紹興文化城與魯迅

出蕭山機場，一路向紹興去，視野一片平疇和水光。路旁兩岸一幢幢歐式樓房的農舍，霸氣的宣示著她的富足，然而路轉河彎處，小拱橋、小涼亭、烏篷船，又溫婉的說明著她的淵厚家風和承傳。

紹興，就是春秋時代的大城——會稽。南宋趙構在臨安即位，改會稽為紹興，意思「紹祚中興」。紹興平原，河道縱橫，湖塘密布，尤其有三千多座各式橋梁，有東方威尼斯的美稱。

魯迅故里

每趟旅行，總會不其然的參觀一些文學家的紀念館。其實，許多景點，不論中外，都有部分是因著某個文學家而備受青睞或造訪，比如日本的奧之細道，因為松尾芭蕉大師；牛津、康橋小鎮，因著英國的詩人、中國的詩人，甚至那個坐在蘋果樹下發呆的科學家。來到紹興，只有半天的時間閒走，精挑細選最佳目標，就是「魯迅故里」了。

祖厝　老屋　書房

懷著來大戶人家玩躲貓貓遊戲的心情，東拐一處長廊，西入一處偏廳，不時聽到隊友及老公呼喚：喂，走這，走這。

僅存兩樓一底的木構民房一幢是祖屋，居住的合院老屋，天井、書房、作坊，以及一塊偌大的菜園，好大的一處。

我們在其中繞行，老建築的風韻就在於不能一眼看透。既然看不透，也看記不清，我一向是隨著眼睛憑自己的感受觀賞，來到大廳堂，威嚴的祖父高座，魯迅是怎樣向他老人家叩頭的呢？少主書房，是周家孫子讀書的地方嗎？一個洗臉盆架，魯迅又是幾點起床來的啊？精工的窗櫺，冬天時候糊上什麼樣的棉布呢？

我喜歡看老房子，但是我並不懂建築，我喜歡老屋簷下的那種氛圍，尤其這裡：一代青少年走過生命的青澀，老屋穿堂間流露著淡淡的幸福滋味，怎麼讓三兄弟：周樹人、周作人、周建人都成了影響後世的怪才呢？

魯迅這個人

犀利的筆下，是強烈的鼓動：新的中國呀！新的有感覺、有自覺，自己做命運的主人呀！有知識懂科學的中國人呀！

十八歲，光緒二十四年，到南京，先入江南水師學堂，四年後赴日習醫，卻深深感悟醫學不足以救國，於是棄醫從文，要藉文學改造國民靈魂。

從此中國風雨晦昧的天空裡，跳閃出一顆新文學運動健將的星宿，深入批判腐舊社會，譯介外國作品，撰寫小說雜文，急切欲要搖醒沉睡深處的靈魂。那股熱情彷彿是恆星不朽。

這個人，就是魯迅！

原名周樹人，周家長孫，感念母親魯端，一個從未上過學堂的女子，以自學而識字，而教導三個兒子：周樹人、周作人、周建人，都有文學上學識上的成就。因為母親的愛慈、母親的教導，感念在心，便以「魯迅」為筆名。

魯迅家居的宅院裡，有一組雕像，雕的就是一個年輕少婦，膝上一本書，孩子蹲在她身邊。說的就是魯迅跟她的母親吧？有個慈祥喜歡讀書的母親，童年時光一定有許多的趣味和啟迪。在這老宅裡，魯迅的《會稽郡故書雜集》和他的的一篇小說《懷舊》，都是在這裡完成的。故居後面有百草園，是周家荒蕪的菜園，也是周家兄弟童年時的玩耍樂園。

魯迅與三味書屋

因著魯迅的不朽，魯迅啟蒙時的「三味書屋」，也有了星光般閃爍發亮的光芒。回首那個時代，街坊巷里有著多少這樣的私塾啊？三味書屋，也只是前清時候，紹興城裡的一座私人小

因為魯迅的不朽，魯迅故里也成為觀光勝地。

學堂。魯迅從十二歲到十七歲，入學受教於這座小學堂。

魯迅家的祖居與三味書屋，僅一河之隔，河上有小石橋往通，河中有烏篷船停泊。三味書屋本是壽家的書房，壽鏡吾先生二十歲考中秀才後，就在書房內坐館授徒。

街河、石橋、船埠頭、木欄杆、方桌、方椅、圓拱門，書屋非常古樸。極方正、質樸、博學、瘦而精神，老師非常威重。

每天八點到教室，先背誦昨日的授課，然後站在老師桌旁聽講新課；午間放學寫一篇毛筆字，下午繼續上課，晚上還要對課；《大學》、《中庸》、《論語》、《詩經》、《爾雅》，還有唐宋的詩詞文賦，全是老師講桌上的教材。

魯迅形容「真是紹興城裡最嚴格的書屋」。

不過，就是在這樣的環境中讀書授業解惑，也使得魯迅養成了刻苦讀書、辨析審問的習慣。魯迅對於壽鏡吾先生非常敬重，而壽鏡吾先生也十分稱許這個學生：「聰穎過人，品格高貴，自是讀書世家子弟。」

三味書屋原稱「三餘書屋」，取義《三國志》，有志讀書的人，應當好好利用『三餘』時間。蘇東坡就率直說：此生有味在三餘。而「三餘」是什麼意思呢？「冬者歲之餘，夜者日之餘，陰雨者時之餘」。

稻粱味　肴饌味　醯醢味

然而三餘讀書，尋思、吟味、體會，其至樂頰齒留香。書屋主人便將它改為「三味書屋」了：「讀經味如稻粱；讀史味如肴饌；讀諸子百家味如醯醢。」

就在這三味書屋圓拱門後，老師的講桌在屋宇正中央，一桌一椅，聰慧的魯迅，每日總有較其他同學更長的一段時間站在那兒背書、聽講。壽先生教魯迅背古文，儘管魯迅哧鼻傳統虛偽、矯情，而這師生情誼，魯迅仍是執禮恭敬的啊。

站在三味書屋前，我不禁有個幼稚的想法：非常叛逆的魯迅，不管怎樣叛逆，他的知禮，還是深源於文化的傳統啊！他一定也知道這一點吧？

我也還有個幼稚的好奇：「對於現代教育，幾乎把每一個人變成一部百科全書，精明、有記性、幹練、聰明，標準答案似電腦的人。」叛逆的魯迅，如果今日仍在，又會有怎樣犀利的批判呢？說不定他會是天天上叩應節目的名嘴。

祖屋德壽堂，威嚴的祖父高座，魯迅在此向老人家問安。

咸亨酒店　茴香豆

走出魯迅故里，先生說：太傷腦筋的事，留給文學家去發表吧！我們去買些茴香豆來吃。

一包五塊錢，有乾炒的，也有蒸煮的。來紹興，來魯迅家，嚐嚐魯迅家開設的「咸亨酒店」招牌配酒菜：茴香豆、花生米。咸亨酒店可是遠近馳名，魯迅在家鄉時，不時在這幫忙，所以寫下了以咸亨酒店為背景、刻畫舊時代落魄秀才的短篇小說〈孔以己〉。也因為這篇小

魯迅家祖居與三味書屋，僅一河之隔，河中有烏篷船停泊。

說，使咸亨酒店從鄉鎮小飲食店一躍而為全國知名大酒店。

說來，這還是拜文學的魅力啊。

鑑湖　烏篷船

先生問我怎麼沒有遊「鑑湖」坐「烏篷船」？

魯迅家門口、東昌坊橋下，停泊的都是烏篷船。由於這是第二次路過紹興，前一次已經幾年前了，隊上的友人們幾乎都已經造訪過紹興：沈園、禹陵、柯巖、鑑湖。

鑑湖，波平如鏡，又名鏡湖，湖上有長堤，有拱橋，而漁舟時見。大書法家王羲之如此形容鑑湖：「山陰道上行，如在鏡中遊。」明朝一位才子則寫道：「錢塘艷若花，山陰芊如草。」可和西湖媲美，比西湖純樸雅素。不過也有勝過西湖的特點：水質甚佳，馳名中外的紹興酒，就是用鑑湖的水釀的。

雖有遺憾，但是我跟老公說：定一個目標吧，七十歲時，我們就來遊鑑湖，來紹興小住。怎麼樣？

太太太長久的未來「想像」，看看老公的臉，似乎說雖不能接受，但是也只能如此囉！

這家店以魯迅的一篇小說〈孔乙己〉為名。

觀音聖地——浙江普陀山

寺中的觀音之一。

心靈清音，普陀慧日。

一座香火縈繞的島嶼，海天一色，暮鼓晨鐘。

來到浙江，怎能不到普陀？

帷帳花團　補怛洛迦

一小時的快艇，到達，從寧波到普陀。

從一入碼頭大廳，懸掛著的帷帳、釋迦法相、供奉花團和攜著香燭的信眾，可以說每個遊人都已進入了一個佛國世界。

由於去到任何一個地方時，我習慣先看看那個地方的地圖。所以觀看普陀全島地圖，可以清楚了解位於浙江省東北部、舟山群島最東邊的這個秀麗的小島。全島面積十二平方公里餘，呈狹長形。

碼頭大廳，懸掛著帷帳、釋迦法相和供奉的花團。

然而這海上小島，為什麼尊為「普陀」呢？

普陀洛伽之略的普陀，梵語為「補怛洛迦」，意譯為「小白花」，是觀音菩薩的住處。

福慧因緣　虔誠珍惜

我之所以有緣來到普陀，不是因為信仰的傾向。我常常聽一位好朋友談到她很希望有機會到普陀山參拜觀音的事。

朋友很虔誠的信奉觀音，在台北的時候，她定期要到信義路的觀音道場去上香或是靜坐。她律己甚嚴，和氣謙虛多耐心，不像我總是很急躁又隨興。

我偶爾會跟她一起去。然而，我總是飲了一碗道場的茶水後，就忘神的凝視著殿上潔白無瑕的觀音。

普陀是小白花之意，道場聖潔，觀音淨潔慈悲，信眾何止應當以潔白之花、潔白之心來進奉呢？

心靈的福慧因緣

我一直這麼認為：

飲一碗琥珀色的茶水，是生活的滋味；

參謁一方潔皎的觀音道場，則是心靈的福慧因緣。

我知道信奉觀音的人很多，即使這尋常日子，天候又飄著微雨，卻仍有不少專程前來的信眾和遊人。

說來，我是隨緣看到朋友組團的旅遊行程上有普陀山一地。而先生則興奮：普陀山的觀音格外莊嚴。他收藏並寶愛有一尊三尺多高的紅豆杉觀音木雕。

特別避開了島上的香會節。若按照原先預訂的行程安排，我們正巧遇上農曆二月十九，也就是西曆的三月十五，觀音聖誕日的那一天到來。然而，二月十九觀音聖誕、六月十九觀音成道、九月十九觀音出家，這普陀山三大香會期，人山人海，坐臥都一席難求。

出外旅行，能到訪某些地方，我一向珍惜為因緣俱足，有緣相逢，一切善待變化，而這尋常日子，能夠安靜體會佛教文化，從容觀照，也是美好和妥當。所以我們都很歡喜。

觀音聖地　微妙法門

辦妥進入島上的手續，我們坐上島內的循環公交車，先到普濟禪寺。原本微雨略陰的天，就在我們來到普濟禪寺時，轉成了雲開日現的清朗。世間一切都有禪機嗎？菩薩啟示我什麼呢？心情真是一驚復一醒。

普濟禪寺，又稱前寺，建於宋朝元豐年間，是普陀山第一大寺，寺院規模宏大、深廣，共有六進，大圓通殿是主殿，殿中恭奉八點八公尺高的毗盧觀音。

為什麼這菩薩稱觀世音菩薩呢？為什麼普陀會成為觀音道場呢？

普濟禪寺，又稱前寺，建於宋朝元豐年間，是普陀山第一大寺。

《法華經》上有這麼一段，說：眾生受諸苦惱，聞是觀世音菩薩，一心稱名，觀世音菩薩即時觀其聲音，皆得解脫。

而普陀山是觀世音菩薩應化聖地。

普陀山原名梅岑山。東漢時有道士梅福來此煉丹；普陀山真正成為佛教勝地還是唐朝以後的事。

根據佛教史籍的的記載，唐大中年間（847-859）有一位印度高僧曾經來此，親眼看到觀世音菩薩現身說法，並授予他以七色寶石，高僧頓悟了此地為觀音顯聖之地。

後來又有一位日僧慧鍔，乘帆船來中國，到五臺山請得一尊觀世音菩薩，決定躬親載負回日本供養。哪知道那帆船開到蓮花洋，也就是普陀山附近，忽然開不動了。移請觀音上岸停厝，但是一旦再復搬請，海上便狂濤四起。慧鍔就向觀世音菩薩禱告：「菩薩如果不肯到日本去，隨便菩薩要到哪裡，我和尚就跟到哪裡，終身供養。」禱告完畢，帆船果然開動了，隨風飄泊，一直來到普陀島的觀音洞旁。慧鍔便捧著觀音菩薩像登陸。

這時，普陀島全無寺廟，只有世代以捕魚為生的居民。有一位張姓居民，捐獻了幾間房間，慧鍔僧便在那屋院裡供養觀音，又替房屋取了個名字，叫做「不肯去觀音院」，也在那兒終老。

然而，菩薩為什麼不肯去？

人有人的心事，佛也有佛的天機吧！

有人為「不肯去觀音院」題詩一首：

借問觀世音，因何不肯去？為渡大中華，有緣來此地。

後來，日本便派遣了幾百名遣唐使（相當現在的留學生），來到大唐學習。觀音是循聲救苦的菩薩，普陀山正是她現身說法之地，不肯去觀音院是普陀山觀音道場的發源地，普陀山也成為觀音菩薩的道場了。從此許多信眾開始創建佛寺，南宋、元、明清各朝，都陸續有所興建。而至清末，普陀山除了有三大寺外，還有七十餘座庵寺，世稱「海天佛國」。而今日，山上各寺廟更多了，都以供奉觀音菩薩為主。也許觀音的心意正是如此吧！

普濟法雨　慈悲從容

我們按預定行程，晌午參拜普濟禪寺，天王殿、圓通寶殿……，在御碑亭、海印亭、八角亭留影。午後則拜謁法雨禪寺。

法雨禪寺，又稱后寺。清康熙三十八年南遊來到普陀，賜「天華法雨」匾額，於是從此改稱「法雨禪寺」。一進門的九龍照壁，華貴氣派，即使不是信徒，細細參看這藝術雕刻，也是莫大愉快。

而法雨禪寺在參天古木覆蔭下，格外有一種參天的靈秀和莊嚴，蒼鬱繁茂的老樹，彷彿無言的開示和見證，渺小的人類啊，肉身是多麼脆弱，而心靈又寄託在哪裡呢？法雨禪寺也因為建築在光熙峰下，天王殿、九龍殿、……大雄寶殿，依序向高處巍峨，更讓信眾有了仰望的謙卑。

進入法雨禪寺內，香火繚繞，我沒有捻香，只以心香合十。我仔細端詳觀音，好圓滿的額頭嘴角，一派慈悲從容。

我很喜歡觀看菩薩的臉龐，有時會從敬拜神明的角度去看，全心充滿敬畏謹慎；更多時候，我以觀看藝術的心情去看，感受那種水月清華。有時，我心情很低潮，專程去觀音道場。面對觀音，覺得有千言萬語要訴說，有壓抑多時的眼淚要奪眶。我很少很少為自己向菩薩祈求，上廟裡全是感謝，感謝上天賜我的溫飽和富足；感謝上天賜我的能力和努力；感謝上天賜我的生命和韌力。

我常常向菩薩祈求的是弟弟、妹妹的平安和順利；家人友人的健康和快樂；最常常肯求的是給中輟的孩子們毅力和庇佑；給孤單失依的孩子們一盞明燈和指引。

我相信觀音「三十三應身」，觀音的大德大能會感應世間萬物眾生。

我心中也想起一位先知的詩篇：

「什麼是真正的善？」先知沉思的問。
「秩序」，法官說。
「知識」，學者道。
「真理」，智者言。
「享樂」，傻子說。
「愛情」，少女答。
「自由」，夢者道。
「家族」，賢者說。
先知的心卻充滿憂鬱，他說：答案都不在這裡！
先知的心靈深處，聽到一個溫和的聲音：「它的名字叫仁慈。」

從圓孔看普濟寺前的長壽橋，別有洞天。

我認同先知的認定：世間最善的就是仁慈，佛家稱的慈悲。慈悲才能油生力量、包容、親愛……所以，臨出大殿前，我向菩薩祈願：我的罹癌病痛雖苦，可是我不想祈求什麼，就醒覺我這凡俗的心，時時記得慈悲和勇敢吧！

祈願中，我們走過普濟禪寺，走過法雨禪寺，走過多寶塔院，帶著醒覺的心，看多寶塔院的太湖美石，瞻仰多寶塔邊角雕塑的四天王立像，細賞沿著欄杆圖飾的「觀音二十四圓通」浮雕。陽光溫煦，慈眉善目。

心境知足　慧日普照

太陽在東海舟山群島外守護，海面小浪。

望海亭上可以一瞻法雨禪寺和大乘庵的屋頂，向前就是百步沙和千步沙這兩處海灘。金沙純淨，綿延約三公里。海風拂掠，金沙粼粼成法紋理脈，菩薩說法，處處是玄機和啟示。腳趾接觸微涼的沙地，遠處海天一色，隱約處還有菩薩身影，難怪有人說：這是普陀山的絕景之一。

由於普陀山氣候溫潤，四季草木蔥蘢，花香不絕，加上幽洞奇岩，海景變幻，風光秀麗，歷來為遊覽避暑勝地。除了我們走過的幾處禪寺，還有文昌閣、梵音洞、南天門、紫竹林、觀音跳，而磐陀石、二龜聽法石等幾十處各種傳奇色彩的古迹，和大量的摩崖石刻，也是奇絕，比如「心字石」，中「心」一點就可以擁抱七、八人，整個字上更可以容含百餘人，我們來到時，正有一群年輕孩子坐在佛心上面拍團體照。

普陀島上，有普陀山佛教協會建立並管理的佛教文物館。雖說：微妙法門，不立文字。但是這海天佛國的普陀山，自古以來，歷代帝王多有賜予，加之千百年來僧人、文士，各類工匠的共同開拓，大量的碑石篆刻，使得這座名山留下了豐富的文化遺產。

所以當我站在梅福禪院裡的弘一法師墨寶「慧日普照」前，真有要掉淚的衝動：菩薩如陽光，普照之處沒有任何卑微。弘一大師嚴行守律，以歡喜心看萬物，悲憫心對萬事，在他沒有什麼人或事是不好的。我在臥病化療的期間，曾用心閱讀《弘一法師傳》，大師心靈清明無窒，沒有生死之惑，字體也通透著諧潤和淨淳。

參訪佛寺，常是心靈的饗宴，一來親近靈山聖地，如沐春風；二來在諸佛菩薩前，坦坦然的返照自己。因而，何必在意自己是不是信徒？

普陀山的怪石之一磐陀石，上下兩石間沒有任何膠黏。

夕陽裡，我們隨緣來到禪院前的極樂亭前眺望大海。微雨的傍晚，浪花泛起。亭下的左方是一所訓練學校，學生正在打籃球，再稍遠處，港口的左方停泊著軍艦，這裏是往昔的海上交通要地，於今仍是重要的軍事據點。

星月交輝　人間清靜

由於我們的行程特別安排在普陀山住宿一晚。

普陀山大酒店位在觀音洞後上方。靜謐的夜裡，簌簌葉尖滴雨聲，幾點暈黃祥和的路燈光，當並肩散步柏油山徑時，只聽得自己不徐不急的腳步，我們誰都沒有說話，不是因為老了三十多年的婚姻路而無話說，而是不必言語，便能感知彼此這時的怡悅和需求了。也格外感受這「人間第一清靜境」的況味。我頓悟起佛祖成道的晚上，應該也是這樣星月交輝。

美妙的是清晨起來，曙光從高曠的枝葉間紓紓宕宕降落下來，落在淨綠的草地上，落在純白的牆壁上。海風徐徐，道路淨潔，香樟、朴樹、紅楠，參天崢嶸，從海上觀如臂膀的小島，沒想到島上是如此的別有洞天。我們看到起早上早課的僧徒，師父在前，被引領的小沙彌在後，有序的踩著石磚路向禪寺走去。我敬肅的目送，只感到自己被濃濃的感動包圍，一股倫常的信念如潮水般從四面八方向我湧來，將我溫暖的團團裹住。

驚艷——金華侍王府大壁畫

侍王府裡，令人驚艷的壁畫之一：太師少師圖。（師、獅同音）

遊客不多跟門票無關。行前，我曾在網路上查閱，有網友就給侍王府的評等為五級中的「零」，「五元門票都覺得不值，根本沒看頭，也沒啥可看。」

及至來到這裡，偌大的園亭、府衙，雖然遜於豪宅園林，但是很耐看，除了大型壁畫，其他廳府的牆壁、梁柱上也繪有彩畫，一方「團龍」石雕，更是精美絕倫。

為三面大壁畫而來

為了幾面壁畫，黃昏時候，府院打烊前，自武義、麗水趕到金華，奔波趕路都值得了。刷的一聲，布幔拉開，赫然一壁，一張大畫。

我們看的第一面壁畫：太平有象圖。一隻長鼻大白象，披覆一方繡毯，錦麗華貴；毯上駝運著一只方座大花瓶，天圓地方，安穩平定，而且瓶中還有鮮茂的花卉。整幅畫色調淨潔，以寶藍、淺藍的加強，泰然、醒目而氣派，象徵繁華富強永遠昌運。

我們看的第二面壁畫：五爪金龍圖。整個大壁上，就是一隻飛轉的龍，工筆勾勒，而且描繪細緻，龍鱗斑斑可數，畫來栩栩生風，充滿動感。由於金龍出巡，五爪伸游在滿天祥雲中，騰雄威嚴卻溫祥。這龍象徵什麼呢？真龍天子應如是吧？

解說的小哥說：「這幅畫衝破了封建王朝的禁令」，尋常百姓豈能隨便彩畫或擁有五爪金龍的圖騰？

取材簡單，構圖作畫確很是磅礴。這幅壁畫令我駐足。

我們看的第三面壁畫：太師少師圖。

「師」、「獅」同音。圖上是兩隻獅子，一大一小。太獅、少獅，倫常有序，長者執教化，幼者感愛慈，很簡單易明的取材。然而在侍王府，其實太師、少師都是官名，太師是高級武官，軍隊最高統帥；少師，則卑於太師。少師太師，象徵著侍王爺的等級，提醒他儘管功高本領強，也要知守分。尤其畫中太獅，雙手執轉乾坤輪，少獅則執其彩帶在其左右，造形鮮明，很富有民間畫的趣味。

我看了這一幅壁畫，則有點喟嘆了：真是君臣有序呢？還是警告別想功高蓋主呢？

雖說，侍府門前那一座太平天國遺留至今的唯一的照壁，高約六米，面闊十七米，很恢弘；但是我們都覺得這三面壁畫更值得觀賞琢磨。

壁畫彩繪琢磨細觀

然而，甚麼是壁畫彩繪？

走進有些廟宇或教堂，我們會看到那內部的牆壁、天篷，處處以壁畫、鑲嵌畫或屏畫裝飾，把建築內部裝點的華麗非凡、光彩耀眼。繪畫題材以宗教故事為主，記錄著諸神動人的事蹟與信徒堅貞的信仰，內容富神秘色彩及宗教意義，引人深思冥想。

壁畫，顧名思義是指畫在牆壁上的繪畫。繪畫製作的技法以蠟壁畫、濕壁畫及乾壁畫較為普遍，其中又以濕壁畫最具代表性。

濕壁畫的技術在十二世紀至十五世紀的義大利十分普遍。製作方法是先將沙子和熱石灰調好灰泥，再於濕灰泥上抹一層摻有少量沙子的石灰作底，最後，用畫筆沾礦物顏料作畫。世界上最大的壁畫應屬於西斯汀教堂的天頂畫，那幅巨作描繪了上帝創世過程，畫面壯觀雄偉，技藝驚人。甘肅敦煌石窟中蘊藏了大量的壁畫，內容多是根據佛經繪製，題材豐富，色彩鮮明，是佛教藝術的瑰寶。例如玄奘取經圖：描繪唐代高僧玄奘西渡流沙，往天竺求法的故事。而這侍王府裡的三面壁畫也屬於這種。

說來，這侍王府是太平天國的藝術寶庫，其中的壁畫、彩畫或收存的藝術品，超過全國各地其他太平天國的遺址的總和；目前都存放院中的幾幢大房子內。但是，我們將眼睛貼上窗戶，想要一窺層層重幕後的寶物而不得。

由於整個府院中只有我們這一團遊客，連警衛都說：難得看到這麼一團人來。由於他認為今天不會再有遊客來，索性關上大們跟著我們看。

「門票不貴，就是沒甚麼遊客。」

「叫老師帶學生來戶外教學啊！」我們亂獻計，其實是想到甚麼說甚麼！

「不行！沒能批准，不行。」

從屋簷狗頭氣勢，可以想見侍王府的威儀。

其實，遊客不多跟門票無關。行前，我曾在網路上查閱，有網友就給侍王府的評等為五級中的「零」，「五元門票都覺得不值，根本沒看頭，也沒啥可看。」

及至來到這裡，偌大的園亭、府衙，雖然遜於豪宅園林，但是很耐看，除了大型壁畫，其他廳府的牆壁、梁柱上也繪有彩畫，一方「團龍」石雕，更是精美絕倫。

警衛跟我們現寶的說：這園中還有很多寶物，就放在那一塯房舍裡。

「真的？」我們佯裝興奮：「那麼，晚上我們要『摸』進來一窺寶山歐！」

警衛緊張了，急忙搖手說：「不行，千萬個不行。我要下崗了。」

大殿古柏　侍府寶庫

真的，這侍王府有很多可看的東西。

現存的府院，只有原先府宅的六分之一大，左側分給了第六中學為校舍，右側一條小路以外的原練兵場，又分給民兵軍舍去了。

耐寒軒前的兩株高數丈的千年古柏，相傳為五代吳越王錢鏐親手種植，歷經一千一百多年，軀幹紋理深岑，外皮沺亮，斜而不倒，枝茂直指雲天。侍王，則指的是天朝九門御林軍李世賢，不僅是一位忠實執行太平天國政策，又善於治政的外交家，更是太平天國後期的重要將領。清咸豐十一年五月，他率領太平軍進軍浙江，攻克金華後，以金華為中心，建立太平天國浙江根據地，當時才年僅二十七歲。因為受封為「侍王」，所以這李世賢在金華的指揮中心，也為「侍王府」了。他再由此轉戰江蘇、安徽、江西、福建等主戰場，都獲取了輝煌的戰果。有這等戰功的天王，府院怎麼這麼質樸？

院落裡有叢樹林木、有曲徑池塘，但皆尋常。這整個侍王府像一座公門府衙。侍王府原係唐宋時州衙所在，元末朱元璋曾經駐兵此地，明時為巡按御史行台，清朝為試士院。侍王攻克金華後，立即就地召集工匠大加修葺，並且加以擴大。整個建築分有宮殿、住宅、園林、後勤四部分，又毗連一個大練兵場。

我們在府中自由的瀏覽，看府衙的大殿、看簷前的斗拱牛腿、看烙著太平天國字跡的簷滴，圍聚在一起閒話和分享所知。

黃昏了，斜陽照進府內，翠柏上映著稀微的紅霞，天涼日晴，府內一片靜寂。走入侍王府，回溯

千年古柏，相傳為五代吳越王親手種植。

了一段難忘的歷史，更易感受那個時代的變亂，以及太平天國的意義：催醒了卑微順從的民心；動搖了封建王朝的基礎；打擊了外國資本主義的侵略。

侍王府，還是值得一遊。

回味

今晚住宿金華市區的申華商務酒店。

金華是浙江第四大都市，全市以金華江分成江北與江南兩區。

江北：老城區；

江南：新城區。

一條通濟橋則像一條大寬腰帶貫通兩邊。

我們住宿的酒店地點，是江南區最熱鬧的賓虹路，也就是大畫家黃賓虹，新安畫派的始祖；隔街則是李漁路，一位清朝戲劇、造園、美食甚麼都懂得的生活家；還有丹溪路，丹溪是明朝的一位大儒醫。

夕陽照著府外馬頭牆，有眷戀有回顧。

晚上，我們夫婦和阿標大哥去逛泰福隆超市，一路上說著：逛逛金華的大街，認識許多傑出的古人，應該也是很有趣的旅遊吧！

侍王府鎮府之寶團龍石雕。

雨天詠嘆調
——蘭溪八詠樓和李清照

遠眺雨中的八詠樓園區。

不知是上天的旨意還是巧合，一早晨的江南煙雨雖淋濕了我們，卻也贈予我們大師級的水墨畫幅，以及意外的安靜浪漫。雨聲淅瀝，閱讀千年桂樹的驚奇後，雨就下在沈約任郡守時所建，後為李清照紀念館的八詠樓裡。

雨聲誦讀

我們踏上金華從一場雨開始，應該說春雨綿綿是必然，而我們一路陽光，是春天的特許。不知是上天的旨意還是巧合，一早晨的江南煙雨雖然淋濕了我們，卻也贈予我們大師級的水墨畫幅，以及意外的安靜浪漫。雨聲淅瀝，閱讀千年桂樹的驚奇後，雨就下在沈約任郡守時所建，後為李清照紀念館的八詠樓裡。

淋著雨買了票，也將雨帶進樓頭裡。

雨，在李清照的尋尋、覓覓、冷冷、清清裡，滴答作響。

詩人多情，江山亦多情。

雨勢滂沱淋漓，天空是濕漉的簾子，有厚度的，雨，誦讀李清照詞文的聲音穿過簾子，清晰叩響。我躞蹀靜極的廳堂、樓層，任心靈漫遊，依著所展布著的詩詞、畫圖，一如長山盛水和奇花異卉相伴，我和團友輕聲談說，詩詞的美感，李清照的深情，我的心如春野的玉蘭，徐徐開展。而這雨天的樓頭也變成一闋闋的詞牌，創作著宋詞的小令或長調。

從推開的扇窗外望，泛著水光的地面、牌樓和樹梢，呈現一層薄薄的綠意，這一帶都歸屬蘭溪市，蘭花沿溪滿布，溪水潺湲傳送著蘭花的幽香。當年李清照有些幸福的作品就在這兒完成：

常記溪亭日暮，沉醉不知歸路。興盡晚回舟，誤入藕花深處。爭渡，爭渡，驚起一灘鷗鷺。

江山如畫，記入彩筆。以畫喻江山，江山之美，滋養豐厚了人才，可是江山之變，也深沉憂思了人心。八詠樓裡就有著一首李清照的沉鬱雄渾的詩作：

千古風流八詠樓，江山留於後人愁；水通南國三千里，氣壓江城十四州。

李清照的詩大不同於與她的詞啊！李清照還有詩云：

南渡衣冠思王導，北來消息少劉琨。

都是多麼豪壯之氣的文句。我們很少談到李清照的詩，因為她的詩句都被她的詞名掩蓋了。

江山有異，心靈感受自有殊感。在人文裡見風景，人世顯得婀娜。風景裡遇人文，江山顯得酣醇。

平日，我自己也是一個文字工作者，團友中亦不乏擅長執筆者，我常自問：寫文章是不是要巧於表現內心片刻的靈感？或是透過詩文，溶人世悲歡於心中？同樣在雨中，蘇軾寫道：

村舍外，古城旁傍，杖藜徐步轉斜陽。殷勤昨夜三更雨，又得浮生一日涼。

而李清照寫的是：

窗前種得芭蕉樹，陰滿中庭；陰滿中庭，葉葉心心舒卷有餘情。傷心枕上三更雨，點滴淒清；點滴淒清，愁損離人；不慣起來聽！

風格在人，在於歷練、遭遇、心緒……。原本夫妻恩愛情長，志趣相投，賦詞讀書賞畫，愜意自適。卻不幸兵亂國亡，流徙逃難，更沒有想到逃至異鄉，夫病喪離，一顆驚嚇顫慄的心，更遭遇悲痛和打擊，弱女子要如何承擔得了？多情易感的心更如何承受得了？這紀念館裡的李清照詞句，真真句句都是深沉的傷感和回憶。

我再度掛念起一位朋友了。出來旅行前，她才告訴我：三年了，她仍不知如何走出喪偶的幽谷？

我握著她的手，說：「去做他最歡喜你作的事吧！」

說來人生世間，唯死生為重。生死大事，其中牽掛，誰能參透？

只是，對往生至愛的想念和思念，也應該可以有很多種的表達方式吧！

痛苦化為靈感

化痛苦為靈感，即使一味的思念，讓日子混著醉酒吞入那樣豐富的心靈，至少在自覺的絕望中，在自覺的「沒有解答」中勇敢的創作，忠實的創作，不斷的創作。

我推想：創作的時刻中，李清照至少是快樂的，至少忘卻了時間的暴虐，紀念了心上的那個人，也低訴出那個時代的無助，成就了歷史的見證。有人說李清照的詞太哀淒無助，我卻感動和相信那淒哀無助背後的堅毅和執著。

人生裡所有的悲歡離合，都是生命旅途中不能交卸的，也是生命園地裡的昌蒲與艾草，只是如何讓我們從悲離中堅強和悲慈，在痛苦中深沉與昇華？人生是築橋，於消失的河上。

典型的江南煙雨

雨天裡，有的是沉靜的心情和時光，雨，淅淅瀝瀝嘈嘈切切，如詠嘆、如文字、如圖畫。此刻，典型的煙雨在眼前。雨聲，更適宜慢慢品味一屋子的李白、李清照、辛棄疾……。

說不出的山色水色。「它是那樣的舊，卻是這樣的新。」一站在樓簷下遠眺雨中大地，淡煙疏雨，雨，填得是怎樣的一闋長短調呢？

回味

一個小時，是心靈莫大的洗滌和沉澱。值得前來。

八詠樓——李清照紀念館，在蘭溪市。蘭溪市是蘭花中心，以前人說：蘭溪是小上海。蘭溪，原名丹溪，因為沿河兩岸開滿映山紅，使得溪水呈現可愛的緋紅色，後來不知不覺中河岸兩邊全開滿了蘭花，直到現代，蘭溪也成為全中國的蘭花中心。

凝望館內李清照雕像和其八詠樓詩文。

水鄉小鎮的幸福時光
——烏鎮記覽

烏鎮的公交車是各式搖櫓船，
臨河水榭則是卡拉OK廳。

亦昌冶坊——天下第一鍋，直徑3米。
靈水居——最大的碼頭。
徐家廳——美稱「百花廳」，建築木雕精美。
西柵水上戲台——藻井金碧輝煌，最美的戲台。

黃昏的驚嘆

烏鎮西柵，黃昏時分，遊人較下午時候多了。

盤桓在西柵主要大街：一條河道西市河的定昇橋下看落日，占著一片臨水的台子，感覺真是有些奢侈。

水鄉就是水鄉，臨著一大片河水。先生說真是享受。

定昇橋是三孔圓拱石橋，烏鎮西市河上最高的橋。因為比鄰昭明書院，古代讀書人的理想多是學而優則仕，希望能藉科舉嶄露頭角而步步高昇，實現平天下的抱負，所以來此走橋的人特別多。

定昇橋的命名，據說跟本地的一個風俗有關：這裡的習俗，小孩到了學齡，第一天去上學時，姥姥會準備一塊狀元糕給他，讓他拿著狀元糕到這座橋上走一走，將來就能夠金榜題名、步步高昇。而小鎮也確實有不少名人：近代有作家茅盾、畫家徐昌酩；古代有昭明太子蕭統、太子的老師沈約、山水詩人謝靈運、編寫唐宋八大家文鈔的茅坤，還有寫出那首「誰知盤中飧，粒粒皆辛苦」的李紳，也來過這兒遊學。

烏鎮特色建築——水閣，傍水而建，部分懸空水面，連綿數公里。

同船的美智姐說：這兒風水好，有文昌閣、有白蓮塔，一覽無遺。

也許如此吧，橋上閒坐的人不少，留影的人更不少。

其實，轉過定昇橋，就是望津河，又有橋中橋，兩橋孔影互現，看搖櫓穿過，別具畫意。稍北面楊柳依依處的渡口，就是京杭大運河，過去時有長列貨船從這經過，這小鎮，長久以來就是檣高帆林：茶市、絲作、米糧、香鋪，店東、小二日夜吆喝的江南五大鎮。精明的烏鎮江南人，始終都保留著來自祖先：那份能讓京杭大運河的貨船日日敲門的本領，因而小鎮的殷實富裕，實難想像。

說來從安渡坊開始，不，應該說從入烏鎮村口碼頭開始，行遍小鎮的公交車就是各式搖櫓船。街房的後院，即是臨河的水榭，或小碼頭，搖船行到家門口，不論買貨、載人……，出門、回家，船一靠岸，上船遠行、下船就是自己的家了。望著水面上房屋的倒影，靜靜聽著底下水聲。茅盾在他的散文作品《大地山河》，曾經這樣描述：人家的後門外就是河，站在後門口，可以用吊桶打水，午夜夢迴，可以聽得櫓聲欸乃……。

是的，許許多多的小碼頭在沿河兩岸，從碼頭和房子的空隙處，時時可以看到用石塊砌築整齊的河岸。

河水粼粼，搖櫓穿梭，柳條垂岸，跨行橋上的身影，夕陽金光下，一派風姿。行過通濟橋、行過咸寧橋，行過南塘橋，即使用長條石板聯結成的小橋，古拙中也有氣派。

難怪烏鎮有走橋的習俗，尤其元宵節。人們成群結隊的到市河橋上走橋。聽說這習俗，可以保佑走橋者，在新的一年裡身體健康，祛除百病，當地人喜愛到通濟橋、仁濟橋討個福壽，或到放生橋、南塘橋沾些功德和吉祥。

我們請船家載著我們再一次的遊逛，從碼頭遊畢西市河，再轉到望津河口，河風舒暢，黃昏的遊河格外優閒和浪漫。

終於，陽光夕落，西市河也在時空中緩緩散步。這時，蓮塔也一層層靜定下來，不再炫白，樹梢上每一片葉子卻在風中將自己抹上一點嫣紅，攜手成一片點點的閃爍，迎著一盞盞開始亮起的夜晚風燈。

看夕陽的人紛紛靜坐下來了。觀光的人紛紛趕路離開到下個景點去了。

這一個時空，安靜極了。

夜深的驚艷

青石板老街貫串整個西柵，全長一點八公里。

一點點的凹陷車轍，一點點的裂紋斑剝，修舊如舊，有一點歲月的滄桑，讓小鎮和歷史串

聯起來。行經青石板路，平整、青灰色的石磚，象徵著很久很久的之前古早的生活了

然而歷經百劫，生命流轉，青石的街道依舊。

五彩絢麗的水上戲台，流盪著音韻和戲曲。

烏將軍廟門前，黑夜中綻著光束。

絲綢店裡現代感的設計，韻味十足，布染多了時尚感。

河岸長長的一列廊棚，帶屋頂的木架長街，一座水上的美人靠，每一柱子，懸上一盞盞古色風燈，設計很實在。用過晚餐後，我們就來到這廊棚下坐坐。暈黃的光，並著老房子倒映河面，民居的倒影在水面上晃動，水閣、廊棚都是僅靠幾根石柱依托而突出在河面上。夜晚看清楚了柱子下安裝的隱藏的燈管，整個小鎮、每一民居都被一線串起，所有的繁華與寧靜，和諧的同時並在。

而最明亮的一處是昭明書院。昭明太子蕭統隨老師來烏鎮讀書，並建有書館一座。沈約曾在南朝的宋、齊、梁三朝為官，梁武帝時官至尚書令太子少傅，因先父的墓地在烏鎮河西，每年清明，沈約總要回烏鎮掃墓並居住

望津河口有白蓮塔、如意橋，景色優美。

數月。梁武帝擔心兒子因此荒廢學業，但又不能阻止沈約的孝行，於是讓蕭統隨沈約到烏鎮跟讀。太子來讀書，當然得有座像樣的房子，因此，不出數月，一座書館便在烏鎮青墩旁屹然而立，同時有碼頭直入河道。

西市河沿岸，逶迤數里的水閣，綿延成最美的風景線。水閣是烏鎮因地制宜、實用空間的智慧發明。朝南臨河，不管是露台長窗，或推板短窗，月光、暖陽、涼風、微雨都毫不客氣的拂過水面，直入堂奧裡。

千家同一月，萬水皆承光。月光、燈光共同照亮了移動的腳步。腳步聲輕亮，好像每一個都充滿親切，可以尋到一顆顆天真的童心。漆黑的天空有細小的星星在雲縫中閃亮得意，河面的燈光，羅布的星星都成了活動的圖案。

送貨來了！枕河人家開窗就可以做買賣。

容易忘記時間，可就記掛起許多沒有「時間」的東西了：快樂的童年生活、求學歲月；溫暖的人情故事；敬佩而已逝去的長輩，都像燦爛的光一一亮在我眼前的領空。人多麼奇怪，一方面期望將來，另一方面又懷念過去，只是這烏鎮河水和燈光的特別酵素，一切似乎都美麗無比了。

清晨的驚喜

清晨水霧氤氳裡，我們走上通安橋，下到敘昌醬園，沿著園牆，再次去沿河散步。由於遊客都尚在夢鄉，河中的漣漪和小鎮彷彿也尚未醒來，好安靜好安靜的天地，走在青石板路上的腳步，也幾乎輕盈的無聲。

長長的沿河走廊，晨光幽靜，青石板、高石牆，映著一段朦朧的時刻，小巷彎彎延延，接著另一條小巷。由於這裡的屋宇都是一幢幢的擁偎，正房之外，還有耳房或迴廊，迴廊又和迴廊，把小巷牽連成如繞梁的彩帶了。

熹微的晨光，給了我們優游的最大憑藉和信心。對於這個江南的水鄉來說，隨興折進任何一條長長的小巷，都有一份探幽的趣味。

昨夜熱鬧的絲繡店、老奶奶豆腐店，此刻的歇息可以從幾個不同的角度去看它；水上戲台，褪去彩艷後，純清的面貌更令人流連，長長水上木棧，接著疏朗的廊行橋，看陽光灑向河中粼粼流金；昭明書院昭明太子讀書處，大門高牆院樹，石頭上刻著的「六朝遺勝」幾個字，深沉的歷史感，重道尊師的文風，格外能鮮明體會。淨闊的民居院落，春來紅花簇簇，圓卵石路微潤。人家說烏鎮有四門八坊數十巷，各種不同規格卻氣派的門樓，都說明著烏鎮的家家富裕。

旅程的安靜，流漾在巷裡巷外。這個地方多少還保有幾分可愛的古老。氣氛的渲染，朦朧幽涼之中，泛著一絲綺麗，那股寧靜，叫人好生幸福。腳步聲，滑過寥廓的雲天，落入綠闇的河心。

看清靠河的民居，一部份延伸到河面，河床中的木樁或石柱，架上橫樑，擱上木板。其實烏鎮的原居民已經全數遷出，早已轉型為由政府整體規劃的觀光水鄉。建築木雕精美，美稱「百花廳」的華麗徐家廳院，已定期開放；錦堂，原是一高水準的會所，現也轉型為一文化休閒住宿的客棧。

至於，臨河的平房，門板擦洗得乾乾淨淨，稍早年代的門板，則仍存有早時候的雕花，有些商店門檻外一盞古意小燈尚點著暈黃的燈光。而感嘆著承作藍染印花布的作坊怎找不到了？

卻又在安渡坊的高牆後乍然出現。阿！舊時客棧渡口旁，路轉溪橋忽現。拂曳微風裡，如藏人的經幡一樣，掛在高高的柱子上，晨風吹得窣窣作響，更增加了回憶的悠趣。

我不喜歡用「回到過去」，或者「時光暫停」了這一類的文字來形容烏鎮或迷惑自己，因為時光悠悠如水流遠，過去就是過去了。只是烏鎮的遊憩，讓我能夠理直氣壯的「慢活」和「慢遊」，人類覺得靜謐幸福的，不是兢兢業業的「效率精準」，還是心靈自在的游潤徜徉！

清晨的靜謐裡，這樣健康的、坦蕩的慢步，真幸福。尤其，我曾經失去。

說來，風景和人事都一樣，生活中的失去和重逢，都是我們必經的人生考驗，讓我們學得惜福和感恩；而風景的歷劫、重建、整修後，也讓我們更懂得欣賞和寶愛。

烏鎮的各家第一

遊走烏鎮，最後還是做一點小歸納，和大家分享吧！

最大的鍋——亦昌冶坊，天下第一鍋，直徑3米。

最大的碼頭——靈水居。

在烏鎮住上一晚吧，這麼幽情的客棧有古意更有雅緻和舒適。

最大的園林建築——靈水居。
最華麗的樓層——徐家廳，美稱「百花廳」，建築木雕精美。
最美的戲台——西柵水上戲台，藻井金碧輝煌。
最著名的地方神——烏將軍，鎮人祀為保護神。
最有特色的建築形式——水閣，傍水而建，部分懸空水面，連綿數公里。

烏鎮的染坊可是自宋朝以來的名牌布料。

卷二

仙鄉此處

和樂自足，就是仙鄉。

八卦照牆，諸葛村的身世圖騰。

神秘與揭密
——蘭溪八卦諸葛村

蘭溪城西十八公里有一神奇的村落——八卦諸葛村，古稱高隆。村落按九宮八卦圖式而建，以鐘池為中心放射於外，延伸出八條弄堂，繁衍出千餘諸葛亮嫡傳後裔。

武侯功績萬年俎豆

魏吳猶並峙永懷匡復尚餘兩表見忠心
伊呂允堪侍若定指麾豈僅三分與鼎足

薄田十五頃桑樹八百株完其澹泊永垂百代清廉典範
雄文廿四篇珠璣數萬字教我子孫宜享萬年俎豆馨香

這是丞相祠堂中的楹柱對聯，說出諸葛丞相的歷史定位。一派恢宏的丞相祠堂，莊嚴而富麗，斂蓄而顯耀，如一顆玉璽般印定在鐘池正前，也印定了諸葛村的世世永垂。

八卦村探索與揭密

站在鐘池前，就已經是站在八卦村的魚形太極圖上了，阿標大哥說一半水塘一半陸地，就是太極的魚眼。

可是我看了老半天沒法理解。倒是替先生拍了兩張車水灌園很帥的照片，然後忙著去看村中姑娘在池邊洗菜，只見菜葉往池中一甩，不盡漣漪圈圈向外擴去。

呀，不少村人來此洗濯，這是早晨歡樂的聚會。

丞相祠堂，如玉璽般印定在鐘池正前，也印定了諸葛村的世世永垂。

內八卦

諸葛八卦村位於浙江蘭溪市境內。

由諸葛亮的二十七世孫，叫諸葛大獅（好雄武的名字）的，在元代中後期開始營建，以諸葛家族的八個村為分派基礎，有規模的建築了八條弄堂，相通互道，再向四周幅射拓遠，於是村中所有的民居很自然的歸入了坎、艮、震、巽、離、坤、兌、乾八個方位，同時這位諸葛大獅又採說了易經上「山南水北為陽，山北水南為陰」、「天圓地方」的說法，於是內八陣圖的學問和深奧隨之自然成形，也令後代子孫不敢造次。

再由於規畫初始，就頗有現代造鎮的美學和規劃，更有寓教化於風水內涵中的遠見，所以即使後來歲月遞嬗，各村人事變化，整個村落的總體格局仍並沒有出現太多的改變，村民也不敢任意改建祖先的規定，深怕壞了大家的富貴顯達，那可不得了了，所以漸漸積累了頗有世外桃源的情致以及令現代人嚮往的神秘了。

外八卦

至於外八卦的玄妙又在哪裡呢？

橫斜村落外的幾座山巒，連綿起伏，參差橫亙，似連卻斷，似通卻閉，山間的高林茂密和山路蜿蜒，不是有熟悉的村人帶路，根本不易進入。

哪像現在，筆直的大馬路，偌大的看板，就怕你看不到指標，來不到這裡。

根據歷史記載，諸葛亮鞠躬盡瘁，病逝五丈原，謚忠武侯，他的子孫歷代作官於晉、隋、唐各代。到了五胡亂華，族人又為避亂，大舉攜眷渡江南下，進入這尚且平靖的浙江地區。蘭溪一帶地勢本來就十分平坦，一座座並不高顯的小山（約略如同台北陽明山的高度）群聚而列，好似特別把小村環抱在手臂中，既利安身且又能久居，這是多麼好的地方哪。

很羨慕古時候蓋房子不必買地，只要有好眼光就可以了。開基先祖的遠見，特別有的風水堪輿知識，以及建築的博學和生活的智慧，選定了好山、好水、和美、朗潤的地方，加上很久沒有打仗，或者打仗也打不進來了，整個村落自然風調雨順、五穀豐收、人丁興旺。

綠色夢境成為心靈的安頓桃源，居住的族人後代都健康聰明，所以只要稍稍注重倫常教化，還有什麼仙鄉比得上呢？子孫平安繁衍、堂軒肯構，光耀顯達……古代人嚮往的大夢根本是尋常事了。即使那時候沒有電視傳播媒體，也很容易成名了。

功蓋三分國，名成八陣圖。姑且不說遺恨失吞吳的往事。

這個大村莊歷久彌新，敷飾神秘的因素，就在於「八卦」，因為有八卦的天機，村民及後人便不致於因小利或私欲而隨意破壞或更動。其實八卦也是另一種秩序或方位，先民純樸、智識未開，加上對諸葛亮的崇拜，小村於是光輝的承傳下來了，而且傳到了現代，好貴的門票，子孫可「分」享不完了。

《菜根譚》裡指點得明白：「總出世上因，善用者生機，不善用者殺機。守正安分，遠禍之道。」八卦村的神秘，不過是善用山川、善用人心，懂得教化，唉，從古以來受教育的都有很多好處。

囍字窗，諸葛村裡，家居結構普遍精緻。

富裕民居　賢孝子孫

因為懂得了整個八卦村的規劃，我們在村落中漫步觀看時，大隊人馬就約定了：若有迷路落單者，直接到鐘池前等候，萬壑歸「鐘」，可以再從那兒重新規劃漫遊路線。

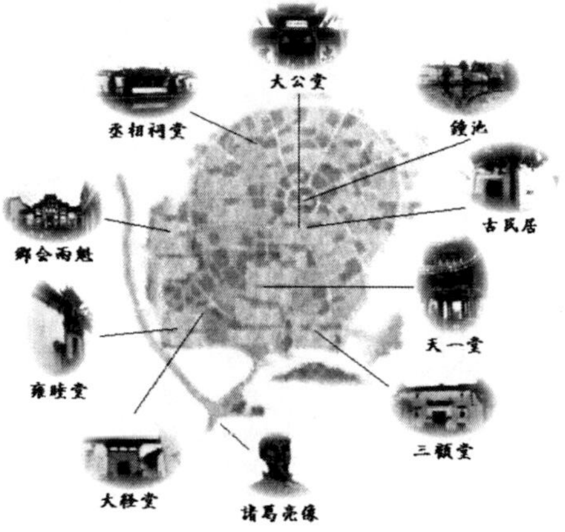

八卦村的簡易歸納地圖

由於村中屋舍乾淨整潔，我們踏著青石板小路，隨興先參觀了幾家古民居，不同於丞相祠堂的富麗藻拱，碩壯梁柱，軒昂月簷，民居多青磚、灰瓦、馬頭牆、木雕門窗以及肥樑、胖柱、書齋、小閨房。每一家格局雖大致相同，和江南的其他民居也有很多相同處，但是諸葛村裡，住家結構更普遍來得精緻。

我們在某一戶人家的窗欄上看到「囍」字木雕窗花，純樸而討喜，簡單又有情味：在某一人家看到粗壯梁柱下取以蝴蝶形象的斗拱，蝴蝶、福疊，讀出感覺來了嗎？發現象徵什麼了嗎？真是頗耐咀嚼流連。

大公堂

規劃了諸葛村，大獅公告老還鄉後，便興建村中的「大公堂」，堂的中正廳裡懸示著諸葛亮的「誡子書」。誡子書是村中各家的共同祖訓：「夫君子之行靜以修身，儉以養德，非學無以廣才；非志無以成學……。」祖訓誰敢違規，於是寧靜致遠，淡泊明志，教子惕孫，諸葛村裡的子孫皆多賢孝良材，這才可以說是諸葛村讓人們嚮往的原因吧。

大公堂是家族裡專門祭祀武侯諸葛亮的廳堂，這是一座村裡最主要的建築。正門就是三開間屋宇式大門，柱子間聯以橫坊：敕欽尚義之門，十分有氣勢。根據《高隆諸葛氏宗譜》裡的記載：「原五公諸葛彥祥曾捐出稻穀以賑饑荒，明英宗於正統四年（1439）七月降敕旌表。」所以在中央的這座牌樓的屋簷下掛著「聖旨」的紅匾。又因為南宋時曾追封諸葛亮為「忠武侯」，所以在左右兩間屋宇的粉牆上寫了「忠」、「武」兩個大字，這座大門不論從形式和內容兩個方面看，都足足表達出了大公堂的地位。

至於在大公堂內，五進大廳：有《諸葛亮故事圖》、《前後出師表》、《諸葛武侯公畫像》。除了在此定期舉行活動，也是昔日族長們議事的地方，可見在村莊中的重要。正如是堂中高懸的楹聯：

伏虎鎮靈喜北鎮冠山東環帶水
臥龍衍派本南陽望族西蜀名山

一個賣諸葛扇的村人說：諸葛八卦村每年都要舉辦民俗風情節，有大型的民間迎會活動，隆重的祖先祭祀和族孫表揚，場面壯觀，儀式獨特。

「大概甚麼時候？」

「諸葛亮的生日和祭日吧！農曆四月十四和八月二十八。」

在這樣悠久特別的村莊裡，舉行著同樣悠久傳統的節慶，想像那種能增加家族凝聚力和向心力，同時更能收見賢思齊之效的隆重活動，不知道有多麼感動和興奮。可惜，我們無法停留那麼長的時日或者是再來探訪。

天一堂　藥材行

穿過大公堂，穿過巷弄走道，窄長的青石板路，起伏的碎石子路，好像走在特別設計的迷宮裡，只有人行穿梭，沒有任何車輛，自有一種優游餘裕。

來到藥草植物園，牛膝、冬忍……滿園遍植藥草盆栽，聽說天一堂的藥材行銷大陸，風評頗佳，也難怪諸葛村裡看到最多的就是醫堂。這兒也是村中地勢較高的地方，清朗的視野，可以俯瞰部分村落的情景：整齊的屋瓦，蒼勁的綠樹，油綠的平疇，向外紛呈的阡陌。

不管是天意或天道，敬重環境，推崇教育，諸葛村裡看到最多的就是醫堂。

三顧茅廬　臥龍先生

諸葛亮，字孔明，是三國時期著名的政治家，有「臥龍先生」之稱，他於東漢末年隱居在襄陽隆中。劉備帶著關羽、張飛前往隆中，三顧茅廬，恭請諸葛亮出山。諸葛亮非常感激劉備的知遇之恩，為他分析了當時的天下局世，提出：西據荊、益，南和夷、越；東聯孫吳；北抗曹操，三分天下，待機進據中原的戰略。這就是著名的〈隆中對〉。諸葛亮出山後，連燒三把大火（火燒新野、火燒博望坡、火燒赤壁），燒斷了曹操南下的勢頭，讓劉備果真得以得荊州、益州，進而為三分天下紮下堅實的基礎。

而這樣一位族裡的先輩，臨終前說：「不為良相，便為良醫。」

家家戶戶有門聯。門聯的長處是能夠用簡潔的文字將房屋主人的理願、追求表現出來，言簡而意賅，這是它的特點。

由於這諸葛村落裡，百姓人家的門聯頗有意思，我便順手抄錄幾則：

三江春水；
五鶴青松。

承先祖高風亮節；
看兒孫美德良才。

簡而養德明遠志；
學以成才貴澹寧。

鞠躬盡瘁扶漢室；
淡泊明志傳家風。

其實在諸葛村中的人家門口真有可觀，門上有門聯外，普遍的都還有香插，以及吉祥物元寶等，門楳上也有八卦圖或太極圖。他們用最閒散、質樸、自然、淡泊的民風詮釋著種種生活的趣味。

美味孔明餅

我們在村中買了曬乾的梅干菜，識途老馬的朋友說：這兒的老婆婆梅干菜好吃又便宜，有太陽的香味。

我跟著買了兩包，一包兩塊錢，約有半斤重。又買了一小包孔明餅，豬肉內餡，油酥麵外皮，很香，可能，走得路太多，肚子餓了，我竟然一口氣吃了兩個。

朋友中有人買了個孔明鎖，一路走一路轉動。

在諸葛村裡，許多小商店，許多老宅子的大門口或門內，都有大嬸子或老婆婆賣著紀念品，或是自家的食物或菜乾。雖是小本生意，但是諸葛村的居民可是非常富裕，光是觀光門票的分紅就很驚人，再加上事業有成，中藥世家，而這些小生意則是生活的趣味和跟觀光客的互動管道。

走過兩魁堂、雍睦堂、玩過推磨、舂臼，最後我們又回到丞相祠堂。彷彿鐘鼓正和鳴，武侯公羽扇綸巾的坐於享堂，閒逸而凜然，胸中卻蘊藏百萬雄兵，運籌帷幄於彈琴拂塵之中。丞相祠堂也是諸葛宗族的總祠堂，地位高於村裡的任何祠堂，三開間屋宇式，兩側還有兩道八字磚影壁。

就從這種大門的禮制，諸葛亮在歷史裡也就不朽啊！

大公堂，祭祀武侯諸葛亮的廳堂，村裡最主要的建築。

同場加映：一、有趣藥謎

諸葛村裡頗多醫堂，也有一個百藥草園，這裏提供一個有趣藥謎，讓你動動腦。其實中藥名入謎，尤見風趣，古往今來，不勝枚舉。

華佗，醫術高明，知識淵博。有一次，曹操想考華佗的才華，寫了一首詩，叫主簿楊修送與華佗：

胸中荷花，西湖秋英。晴空夜珠，出入其境。長生不老，永遠康寧。老娘獲利，警惕家人。五除三十，假滿期臨。胸有大略，軍師難混。醫生接骨，老實忠誠。無能缺技，藥店關門。

華佗看後，對楊修微笑說：「相爺出題考我也。」於是揮筆直書，寫出書信中的藥名。楊修轉交給曹操，曹操讚曰：「華佗真是名醫。」

你知道曹操詩中的十六味中藥嗎？

提示：每一句分別想。譬如「胸」是「心」，荷花又叫甚麼花？

謎底：穿心蓮、杭菊、滿天星、生地、萬年青、千年健、益母、防己、商陸，當歸、遠志、苦參、續斷、厚朴、白朮、沒藥。

同場加映：二、諸葛亮鞠躬盡瘁

身為政治家、軍事家而受到極度的尊崇，由古至今，由帝王將相到販夫走卒，幾乎人人感佩的，就是諸葛亮。

諸葛亮的聲名不但長駐歷史，更走入文學，進入人心，搬上舞台，活化傳統，為甚麼呢？他有甚麼魅力呢？

一生故事

諸葛亮忠於劉備先主，是回報劉備三顧草廬的知遇之恩。原先諸葛亮以一介平民書生，突然受到倚重，與劉備義結金蘭共生死的關羽、張飛頗有不悅，劉備卻堅定肯切說：「孤之有孔明，如魚之有水也。」這時諸葛亮二十七歲，公元二〇七年。

劉備在公元二二一年四月稱帝，年號章武，七月興兵攻吳，但是吳軍將領陸遜以火燒連營之計，使劉備大敗而回。公元二二三年，劉備在四川奉節病危，託孤於諸葛亮：「君才十倍曹丕，必能安國，終定大事，若嗣子（劉禪，十七歲）可輔，輔之；如其不才，君可自取。」諸葛亮痛哭流涕：「臣竭股肱之力，效忠貞之節，繼之以死！」

同樣的忠貞，闔延對後主的輔佐，平定南方後又率軍進駐漢中，行前上表於後主，就是後人認為感人肺腑，讀後不哭不忠的〈前出師表〉。

基於「復興漢室」的責任，諸葛亮三度北伐，又出祁山，又率軍十萬出斜谷，屯駐五丈原，與魏軍相持。魏將司馬懿堅守不戰。司馬懿接見漢營的使者，詢問諸葛亮平日生活飲食及辦理公務的情形，使者說諸葛亮夙興夜寐，幾乎大大小小的事務都親自處理，卻吃得很少。司馬懿當下就認定諸葛亮死期不遠了。果然，不久，諸葛亮積勞成疾，藥石罔效，卒於五丈原，得年五十六歲。

死諸葛嚇走生仲達

司馬懿雖然預料諸葛亮即將積勞成疾而死亡，但是一聽到諸葛亮陣前死亡的消息，生性多疑的司馬懿還是不敢確信，就怕諸葛亮詐死。諸葛亮生前曾經擊敗司馬懿，同時在兩軍對峙的情形，司馬懿又多不願與諸葛亮正面交鋒，原因就在諸葛亮足智多謀。

當諸葛亮死於軍中，大軍退回時，司馬懿領軍來追，這時一員大將依照諸葛亮的吩咐，張旗鳴鼓，逆向迎對。司馬懿一驚，以為誤入諸葛亮的圈套，就不敢再追。當時的百姓取笑道：「死諸葛嚇走生仲達。」

備極哀榮　流芳萬世

唐朝宰相推崇諸葛亮是一「開國之才」：剖析時勢連吳制魏，使蜀漢能夠三分天下而有其一；二「事君之節」：劉備臨忠託孤，諸葛亮鞠躬盡瘁；三「治人之術」：開誠心、布公道。四「立身之道」：勤儉淡泊、拒絕進爵稱王。

朱熹贊頌：「三代以下，以義為之，只有一個諸葛孔明。」

至於立祠方面，劉禪下詔立祠，其後各代都有加封，清朝，春秋祭孔，諸葛亮則從祀其中。

諸葛亮用生命鍛鑄了忠義和智慧的典型，所以死後更是備極哀榮，流芳萬世。

尋幽

——泰順徐嶴底古村

筱村鎮的徐嶴底古村落，
風格特酷。

在泰順，有廊橋的附近，就有保存完整、各有風格的古村落。

沿著鵝卵石鋪疊的路面進入村內。村口有石碑敘述村落歷史，更有大樹彰顯著歲月的亙久。

民居錯落有致地分布在巷道兩旁，頗有韻味的一幢幢矗立。村子裡幽靜到只聽得我們團裡自己人的言語聲。

迢迢到浙南泰順

顛簸了一天，終於來到浙南泰順。

先生說：好熟悉的地名啊！飛行十萬八千里，怎麼還是在泰順裡繞啊？

「甚麼！你們對泰順很熟悉呀？好厲害，你們一定到過很多地方。」

「是呀！到泰順街買顏料；到泰順街逛夜市；到泰順街老師家看雕刻；……」說到這兒，還想再掰，清標大哥很狠的插一句話：「別聽她說，她說的那是台北的『泰順街』！」

的確，這裡的泰順，是浙南非常接近閩北的一個山間大縣。千山千水，有很多保存完整、各有風格的古村落。清標大哥說他去年參觀了這裡的胡氏老宅。

蠻石堆疊　酷啊

清風晨曉中，我們來到筱村鎮的徐嶴底古村落。由這入口處的等車亭，就可以看出村落的歷史悠久遠古。

沿著鵝卵石鋪疊的路面進入村內。村口有石碑敘述村落歷史，更有大樹彰顯著歲月的亙久。民居錯落有致地分布在巷道兩旁，頗有韻味的一幢幢矗立。村子裡幽靜到只聽得我們團裡自己人的言語聲。

然而，我們真是喜歡這樣的幽靜，尤其，壘石堆疊的院牆，露出崇簷的大屋，那種深奧的氣派，無言的述說著大戶人家的輝煌往昔。

鱗次櫛比。一巷一彎。構作精緻。這村落處處耐人流連，「酷啊！」。

歡迎參觀

一個老人家自大屋內走出來了。提著水桶。

他看見我們，笑著打開木門，請我們進入。

快來抱抱這老樹，長命千歲！

去哪裡找到這樣裡外都保存的如此最原始狀態的古村落？

仍有許多老人家留下來，年輕人則多已居住到較熱鬧、發達的鎮里去了。老人家懷舊又易知足，所以整個村落便原樣保存下來。老人家引領著我們看賞老屋的正廳，細說著牆上依稀可分辨的老照片；引領我們探觀久無人住的廂房和書房。還有自他們年幼聽來的有關房子的故事，比如武舉人一百二十斤的大關刀；比如武舉人立馬掄刀的神勇；比如府衙門口屹立不倒的旗桿石……

清晨的陽光灑落，將以鵝卵石撲滿圖案的大前院落照出一片苔綠。

尤其，文元家老房子正堂的地面，更讓你想像不到那圖案的美麗。

綠苔生閣，芳塵凝榭。晨歡宵宴的曾經，是多久遠了？

時光真是最無情的？所有的事物時間中來，也在時間中去？

看過了文人院和武舉人府，我們還有很多時間在村落中東跑西轉，每一處巷道都美得令我們驚呼。

頂頭厝　回到宋代

我們又遇上了幾位老村人，有人更有興趣的帶領我們去到村落最高處的「頂頭厝」，是南宋時候的房舍，宋朝，一個重文輕武，國勢弱微的朝代，卻是後世遐思嚮往、藝術建築頂峰的時代。

這幢建築頗能看出泰順地區，和宋朝時代，古民居以木石搭配、智慧運用的特色。而在木石的古樸建築上，華貴的精心雕刻：雀替、梁結、檻欄撻、窗牖、門戶。排水槽承接屋簷的雨水，同時內庭的地面中間高、四周低，雨天時雨水可以順地勢排入水溝，然後順着水溝流遠，流到田畝菜園裡。

因為規劃建築的用心，難怪如今即使屋舊而滄桑，風華仍舊不掩。

帶領我們前來的老人說：只盼望政府撥下費用修繕和保存。如果再經過幾次颱風或豪雨，屋子可能就會坍塌了。

的確，很久很久都已經沒有村民居住了，連上樓的樓梯都這樣缺漏了橫木。

何止這幢「頂頭厝」無價，整個這個村落，都是一處處代表建築文化深蘊的寶地。

喜歡木造建築的先生，一直捨不得離去。他用手撫觸木樑，直說是好木頭、好手藝。看看這樣的屋簷斗拱，雕工匠師的氣勢和圖像就顯現了，若是生在現代，那師傅鐵定是一流最夯的，就連進門口處的木門樓，有梁有柱，更有風水生肖，他全想妥了。

所以，我真的非常非常祝福它們能獲有足夠的經費來維修和保存。那一分老舊，那一分頹圮，說明了當年的繁華和氣象，存藏在歷史裡的宋代回來了，足夠後代子孫琢磨、研究、考證甚至發揚，更別說觀光了。

從村中的高坡處下來，青山環抱啊！春天葉綠如釉，枝枝高拂。我們路過一兩戶人家。只見參天綠樹與卵石礦場遙對呼應，天寬地闊，綠淨藍清。空地上有人家曬著幾方菜乾，和置放石頭牆上的綠葉菜心，一起散發著濃濃的草蔬味。

另類交涉

不得不結束古村巡訪了。剛走出村子，我們又發現一棟應該是頗有看頭的屋子。我們找到遲延離去的理由。

村口旁的農地裡正忙碌著。

去看看吧？

人家會不會讓我們看看啊？

先生和一兩個隊友跑過去和村人攀談。隊友很失望的回來：「村人一逕的口吻：『不開放。』」

先生還不回來。他在搞什麼啊？

遠遠的看見他又遞菸，又比畫著。他一向很善於「交涉」的。

果然，忽而，見他的手勢高高的朝我們揮啊揮，「快來快來」。

「硬著頭皮也要交涉成功啊！被老婆看扁了還了得？」

原來是「徐嶴底村的吳氏宗祠。」

整個徐嶴村落的居民並不姓徐，而是姓吳。根據史料記載：北宋宣和年間，方臘作亂，泰順仙居人徐震率兵英勇抵抗，不幸犧牲。族人在扶柩返鄉的途中，經玉溪時候，玉溪地方竟不斷降下甘霖。

原來，這個地方早已久旱多時，村民都認為是徐嶴顯靈，尤其，接後幾年，連年豐收，於是村民便將這塊地方命名為「徐嶴」，以茲紀念。

歡迎來我家。

臺灣之光

吳氏宗祠並不對外開方，因為以前開放時，參觀客竟然偷走祠堂裡的東西，而且還留下垃圾。但是他們聽說我們從台灣來，竟表示歡迎，開門請我們參觀。他們說：「台灣人很誠實，也很有禮貌。」

吳氏宗祠裡很乾淨，大廳、屋樑、戲臺、廂房，一點蜘蛛絲都沒有，祭祀的爐口也清理得發亮。難怪徐畬底古村落雖然年久，裡裡外外，庭院巷弄，都不見一絲紙屑或髒亂。

同樣於村中留守老人家的情感，對於村落的、祖先盛業的崇敬和驕傲，我們也給予欽佩和讚嘆，不過，對於徐畬底古村落家，我們更是由衷的關心和祝福，因為曾經的記憶、所有的光榮，若都能跟隨歷史而長存，該是後世人的幸福。

花樹扶疏，遠山在眼。

旅途中的靜夜

——泰順氡泉渡假村

得之姐、秋菊師、鳳珠和我，繞著小小的湖塘。碎石子路，很鄉村。整個園子裡都是碎石子，走在上面，好像步過溪澗一般。

葉影弄姿　林梢搖曳

老實說這山鄉渡假村的風景並非特別秀麗，尋常花樹小屋而已，但葉影弄姿，林梢搖曳處，壨壨山坳清晰可見，順路而上則到山脊，雖有小路涼蔭，但是少有人行。

繞著小小的湖塘散步。一會兒，阿標和小曹也來了。

黃昏時候，夕陽將墜，把湖山染得上下胭脂。走在湖塘木棧邊，極遠處是蜿蜒的山道，而近處初上的圓月已低掛湖塘邊，垂柳依依、辛夷灼灼。走了好一會兒，聊天、拍照，天空天色更加些暮色了，眼前先是一片齊整的細竹林，月在竹影中，有一谷的幽靜。忽而，更有一白點，追逐著月色而來，仔細一看是飛機哪！哇！難道是現代的嫦娥奔月嗎？

循著石砌小道前走，月亮也陪我隨行，竹林間歇處，枇杷樹才剛吐新葉，枇杷樹旁則有紫紅的辛夷花，透過辛夷花看月，格外婉約含羞，遙望似一團銀扇。再上到廣場平地，月上山鄉，又是熟眼親稔的情人的眼睛了。

遙遠山鄉　閒情逸趣

能來到這遙遠山鄉，一般旅行也不易安排，朋友刻意來此，就如同刻意走一趟山谷的心情一樣。或者可以說，這般嚮往山鄉的情緒，原本便隱藏在心靈的某一深處，時時牽引著而已。

夜裡，倚窗而坐，沏上一杯袋裝茶，看著闃黑山間隱隱的燈光，聽著岑寂疏林裡簌簌的風響，記下這一日行旅的點滴見聞。這樣的情景，只覺比住在城市高檔的五星級酒店要多了一點逸趣，多了一種情懷。

寧靜如美麗的音符。

我忽然想起曹操對酒當歌中「月明星稀，烏鵲南飛，繞樹三匝，無枝可依。」也想起李白舞月時「我歌月徘徊，我舞影凌亂。」想起王摩詰「松風吹解帶，山月照彈琴。」感懷傷詠雖不同，卻同是眼前這明月。我也想起女兒小時候最愛的玩偶圖像：一彎弦月上坐者兩個可愛的小天使。一轉眼，女兒早已出落的亭亭玉立。

坐在一望無際的沉睡的山河裡，感覺到星光的眨眼和山河的呼吸。禪家說直入人世風景，有所感悟，本身便是藝術的實踐。是嗎？

我喜歡在安靜的夜晚讀書、寫字，記誦些值得深思的小語，也或者臨摹些精妙的碑帖，一天的日子是這樣踏實和欣喜。而外出旅行的靜夜，我喜歡摘記和思索這一天的路程，明山秀

紫荊橫伸，給天空簪一美麗髮髻。

水、異鄉他縣，全然客觀裡，平和的體察人生的悲欣苦樂和追求執著。尤其，寧靜如美麗的音符將自己圍繞的此時，身心都得到舒展，工作的疲累、內心的鬱滯都獲得升華和釋放，已經重新獲得生命的力量和熱情。

靜夜裡，息了燈，讓自己在四周的靜沉中逐漸進入夢鄉，這真是一種幸福。明天的路途和景色，都是更嚮往和瑰麗的。

今晚，一定有香甜的眠夢。在旅途的靜夜中。

這樣一株柳杉，被封為樹中之王。

柳杉王

——景寧大漈西二村

從大漈尚未建村之前，柳杉就已經在這本是原始森林的小山丘上了。一千五百年，那是多麼久遠之前的歲月？樹根縫隙可是確實的紀錄呀！想當年，它是怎樣的蒼蒼鬱鬱，如同一座俊拔的峰嶺，雄姿英發。

山路嶇嶇彎彎，正不耐腰痠腿麻時，已到了景寧大漈。儘管沿路的山坳裡，不少百年老樹崢嶸，但是這一株柳杉仍讓我們詫異不已。

想當然耳，立刻喀嚓喀嚓——拍照也，什麼都不計較了。

但是，這株柳杉樹長得太高了，鏡頭根本無法完全擁抱它。幾乎要躺入泥地，甘心哪！因為一定要拍到全身倩影。

一拍，再拍……

「攝影師，到對河去拍。」老公始終站在一旁，終於他冷靜的笑說。

啊！旁觀者清。一語中的。

攝影師。啊，這趟背包行，我多了個稱呼，還好不是叫黃臉婆黃臉婆。

這一遠望，才看到對岸農田堤隴上，拍照第一的阿標老哥已從容的選取鏡頭了。

樹中之王

這樣一株柳杉，被封為樹中之王。

不僅年高德劭，為樹中之冠，英挺俊拔也為樹中之冠。

從大漈尚未建村之前，它就已經在這本是原始森林的小山丘上了。

它，究竟有多大年歲呢？

一千五百年，那是多麼久遠之前的歲月？樹根縫隙可是確實的紀錄呀！

那時又是中國的什麼朝代呢？

想當年，它是怎樣的蒼蒼鬱鬱，如同一座俊拔的峰嶺，雄姿英發？柳杉，常綠喬木，葉螺旋狀著生，針形，有圓形球果。

那時候，我又曾再哪兒呢？

一千五百年，實在超乎我可以想像思考的範圍了，我有些呆愣。我好像掉入柳杉虯勁深縱的紋理裡。

攝影家，給你拍一張留影！小腦袋不要裝太多東西。

這一路老公已變身為督察長。

大人巨洞

登著石階，來到樹根縫隙前。

樹根前有許多巨洞，從遠處看那洞口似乎不大，隱藏在起伏樹根間。可是一個「大」人在洞口，那洞口足以容身了。

哇！有一個人的身形般大小。

這一下子有趣了，一個、一個，噘著屁股。

石階下的人笑翻了。

噘著屁股進洞的，探出頭：「妳們笑什麼啦！」。

沒有，沒有。在唸資料。

僅只一個樹根洞隙而已。難怪有人查了資料說它整株樹有二十八公尺多高，樹冠幅員有十五公尺乘上七公尺那麼廣。

二十八公尺多高，要有九層樓高耶！

「攝影師，看看這張還滿意嗎？」

樹根洞隙外很精采，樹根洞隙內也始終說笑不斷。

阿標、寶香、紅貞在偌大的樹洞內聊天。

「阿標要在這裡讀書、寫書。」寶香說：「多寫幾本暢銷作文書。」

「冬暖夏涼，空靜。」阿標答得乾脆。

樹杪上部已橫斷騰空，空明處灑落下天光雲影，樹洞裡有一種柔和的光亮，而且寬敞得可以伸長手臂轉上幾圈。

「下雨會漏水，還是得有人爬上樹頂撐高一把傘。」

說來，這株柳杉王已經年邁凋零，只是老兵不朽，精骨依舊，仍有綠葉招展。

還有，誰上去撐傘呢？

二十八公尺多高呢，看來只有等請到蜘蛛人再說囉！

現代抽象油畫

樹洞裡的歡笑，鐵定誘惑洞外的人了，他們大喊：

出來ㄡ，出來ㄡ，換我們嘞。

「不忙，還沒有拍照。」

這下發現樹壁像現代抽象油畫，線條流動如水，色彩艷紫幻化。

很特別，也很有趣。

「攝影師，還不出來了？」我走在最後面。

因為臨出洞口，我偷偷的多摸了一下樹壁。「大樹大樹，你可要保佑我長命百歲，再來看你呦！」

旅遊的快樂，一是可以遊覽四方，視覺享受；二是可以任意哈啦，隨性捻來浪漫遐思。否則，一棵老樹哪來的那麼多無數的歡笑和創意啊！

中空的樹壁，像現代抽象油畫。

畲族家庭造訪記

——景寧黃山頭小村

「藍」、「雷」兩個大字，迎風招搖，畲族的四大姓氏的其中之二。

前一晚，我們住在羅陽泰順國際大酒店，那是羅陽縣的縣市中心。

酒店右側是郵政大廳，正門有馬路和小巷，小巷又通往市場。

富足縣城　美味早餐

早晨六點，我們起來的早，一出門就去看早市，可要比昨晚的逛街有趣有看頭多了。一板車一板車的蔬菜在市場口，市場口還有家包子店，大肉包二個一點五塊錢，一包豆漿零點五塊錢，生意很好。我和先生很想買一份來嚐嚐，好吃耶！

直流口水。

有些店家賣小籠包，一籠三塊錢，十幾個小包子，湯汁直滴，看來也很好吃。麵包店賣得多是蛋糕，價錢較貴，我們發現土里土氣的媽媽會牽著孩子的手來買蛋糕給孩子吃，自己卻啃著饅頭。我們逛進市場裡，魚鴨雞豬……。大概中國人所在處，傳統市場都差不多一個調調吧。有一個攤販案板上，擺了四五隻宰好的牲畜，紅通通，看來卻不像雞或鴨，最初我們以為是鵪鶉，再問一句，竟然是兔子肉。出了巷子口，路中央有一隻土狗，土狗到處有，沒啥稀奇。不過牠繞著一處污水口直打轉，才引起我和先生的注意，污水口有什麼呢？市場裡豬肉攤前狗最多，他應該到那兒去。忽然，看到牠一個跳躍竄前。老天好噁心，牠抓到一隻肥老鼠。

哇塞，這個早晨可精采了。

景寧大漈　盤山彎道

八點二十分，離開泰順，前往景寧大漈縣畲族自治區。泰順到景寧，全是盤山路。我想到前一夜讀報時讀到的地方小趣談：有個客人，自泰順乘車回溫州，見公路蜿蜒，腦中閃過泰順彎道九九九，便用心數起彎道，以示印證。中途，那客人忽然一個瞌睡。車到分水關，身邊的同伴笑說：數到多少啦？客人回說：六六六呢！事實上，從泰順到分水關，大小彎道一共一千五百六十九個。

因著報上的小趣談，我特別開始注意景寧到大鈞的路段。我以數數來計算泰順彎路的情況。先起我數到六，就遇上一個彎道；後來再數，一、二、三、四、五，五就遇上一個彎了；甚至有一小段路，一、二、三，一、二、三，就一個彎。難怪，既不暈船也不暈車的我，有些昏昏欲睡了。

這一天，天氣微涼，偶爾車窗飄落細細點點的小雨，吹面不寒。

九點十九分，往大漈景區的路上，因為有人要上廁所，司機將車輛開進一個小岔口，進入一個小村落。尋常小村落，公共廁所就設在村頭路口。

這個小村落，雞犬相聞，花樹掩映。

全車人都下車去了。

「太好了，只有一間廁所。」

根本要上廁所的其實只有一兩個而已。往舊村落裡東鑽西看的人才多呢。

真是難管的一團人。

今日負責景寧大漈的地陪是在地的畲族姑娘。她很聰明，「如果集合得快，路上不耽擱，我們可以參觀一個很完整的畲族村落。」這是多麼有魔力的管理術，立刻全員到齊，連上廁所的人都火速回車上了。

藍雷　畲族村落

九點三十分，再繼續上路。車程飛快。從車窗俯瞰，遙遠的谷地，都是一個個黑色兩層木構屋宇的畲族村落。

不消多久，我們停留在一個名叫「黃山頭」的小村鎮前。

一個戶數較多人丁興旺的畲族村落。

單是村口前的幾戶人家，外牆石頭砌成，屋宇寬敞完整。家家門口流水清澈，水溝如帶流經每一門前，寬敞的院落，整齊的放置農具、種子，或者已經闢成菜圃種滿蔬菜。種菜養豬，自給自足。

雖是造訪畲族村落，卻沒有語言上的顧慮，在村口的公交車站牌前，我們好奇的問著上省城的車班，問著他們籮筐裡所挑負的香菇與花菇。因為畲族只有語言，沒有文字，教育普及之後，說著普通話，穿著現代服裝，要不是地陪的介紹，真要失之交臂，真不知畲族和漢族有何差別。當然我們也可惜著流失很快的畲族語，尤其現在能說畲族語的人更不多了。

一戶兼營一點茶飲的人家，門前白底藍字的布招，「藍」、「雷」兩個大篆字，迎風招搖，原來這是畲族的四大姓氏的其中之二。

快來挑啊！香菇與花菇的菌種包來了。

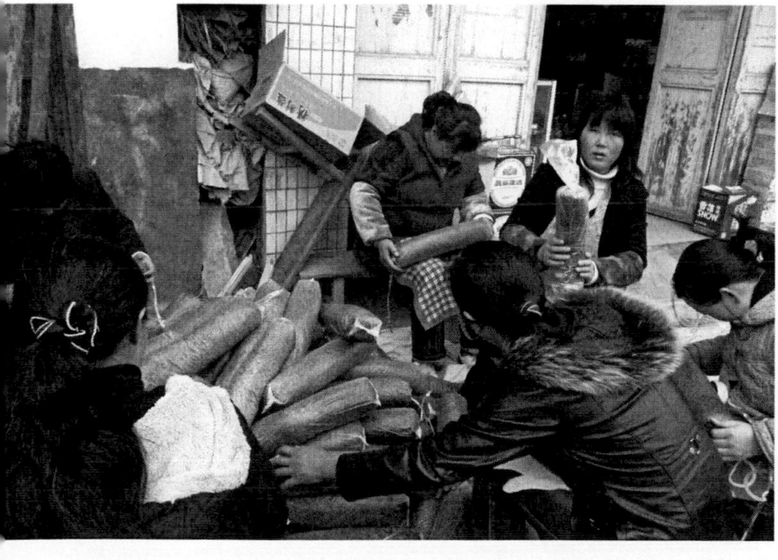

我們順著水流，繼續往村子裡面走，每家門外一方方的石頭牆，有如裹了一件厚極了的粗泥外套，加上麻點子的絨圍巾，開朗活潑又憨烘直實。樹林，排了一種它們自家高興的隊伍，占滿整條沿溪流而開展的路邊。

我們越走越進入村莊人家。

甚而我們登堂入室，大方的拜訪了一戶婆媳。她們也熱誠的引領我們入內。畲族的房舍為兩層吊腳樓式，樓下住人，樓上儲物堆糧食。這一戶人家廳堂雖簡單，但是好乾淨，牆上掛著許多家人照片，很像我小時候的台灣人家的客廳。當時廳後的爐台上正煮著豬食，以芥菜切碎煮爛為飼，對著大灶鍋，雪華姐躍躍欲試，可是當她剛翻動鍋鏟，卻直嚷著：好重阿，好重阿！

我對廚房內的事務一向笨拙，快快跑出屋後，要再找找更好玩的。仄長的後院，石壁上有些青苔，山泉正自高處匯入一長方形小石盆內，然後又再流入屋底的石溝內。

「好多魚，可以吃的魚！」我興奮的大喊。

雪華和其他隊友都跑出來了，真的很多魚。前院種菜養豬養雞，山上種地瓜和香菇，已讓我們驚嘆，現在後院又養魚，自給自足，自力更生，這是人類最基礎以及最真實的莊嚴。我真的很敬重這對婆媳。

若你要問我有沒有問問她們：山鄉生活苦不苦？

為了求得豐盛的收穫，豈能不辛苦？每天清晨五點就在田地裡，豈有輕鬆的？

然而，和樂自足，就是仙鄉。

婆媳兩人始終堆著笑容，聽說我們來自台灣，更是歡喜。我們用著普通話交談，談著山鄉的生活，也談著台灣的種種美好。

像是被封存起來的老時間，忘記要回車上了。尤其吃著她們給我們的地瓜乾，烘得像餅乾，卻比麵粉的餅乾更加鬆軟。

當然趕緊上車時，領隊得之姊銃著我們直點頭：「我早知道妳們去幹啥了，對不對？」

嘿嘿，心照不宣。

坐定座位後，秋菊老師問我：這種山鄉好美，可是你能住下來嗎？

我，願意自力更生，因為另有一種芳潔；願意心安自適，因為更能多得物外之趣。然而，山鄉生活不論被動或主動，都不容易，更需要過生活的智慧。

所以曾經擁有就很幸福、歡喜了。

車廂裡鬧轟轟的。「所以，一定！絕對不能錯過家訪囉！」哈，異口同聲。

這是我們的標準答案，也是我們的喜好和珍惜。

外一章：浪漫心發現

我很愛旅行，因為我覺得旅行的時刻，人生最浪漫。

不過旅行中，我也覺察了自己心性的格外矛盾。

明明是出來旅行，要過一過超出尋常，不在固定軌道上的生活，要多享受些浪漫、新鮮的風土人情。可是，在行程中確也很盼望能夠有機會「看看」別人的家，到別的市井小民人家裡坐坐。雖然，自己也對「家訪」活動有些疑惑：百姓生活不都是大同小異嗎？居家生活哪有多大的浪漫？旅行不就是要擺脫客廳廚房生活嗎？

到溫哥華旅行時，經朋友安排我們，到移民人家作客，和她們一起去超市買菜、作飯，到社區公園散步打球，了解華人移民生活，簡直仍像在台灣台北，了解了移民的心情和話題仍是他們的原鄉原土。那一天我的行囊中裝滿了不同的經驗。

到南疆，我們特別跑去一處草原，拜訪一處維族家庭。剛巧他們那天是最後轉場的時日，入秋後，隨時會暴雪了。要轉草場，就要拆毛氈，拆圓形柱架，卸裝捲綑，數點牲口，煮盛飲食；他們一家分工合作，動作俐落，一家人紅通通的臉全是笑容，尤其收拾妥當，一家人圍聚起來，歡喜的唱跳一圈的歌舞後，向大地深深一鞠躬。哇，夜半要在哪兒歇息呢？明天就能到達新山腳嗎？為什麼她們還能唱得那麼開心，舞得那麼感激而堆滿笑意？

「生活嘛，就是這個樣。」

「全家人都在，很好，很幸福。」

原因就這麼簡單？

簡單。天地會養人。

而這一刻，我們停留在一個名叫「黃山頭」的畬足小村鎮前。石頭砌牆，家家流水，院落種菜、養豬，兩層木造屋，上層放置農具、種子、存糧，下層住家。在家農忙，上山種菇。閒暇裡，大家又圍在一起織毛線。

我和雪華，登堂入室，大方的拜訪了一戶婆媳。她們正煮著豬食，以芥菜切碎煮爛為飼，對著好重的大灶鍋，一個勤快翻動，另一個適時加柴。家裡擦拭得好乾淨。

村中活動場一隅，空閒時可以玩遊戲。

每天都一樣？我問。

一樣；一樣就是好。媳婦回答。

婆媳兩人始終堆著笑容。

看看別人怎樣生活，怎樣面對或經營家庭？究竟什麼是浪漫？

幾次家訪後，我給風花雪月的浪漫，重新下了新定義：

「風」中相迎遠歸的家人，盼望的、歡迎的。

「花」前一桌淡飯粗茶，開心的、相讓的。

「雪」夜寒凍中加添一襲棉衣，輕輕的、關懷的。

「月」下敲槌著彼此的背脊，溫柔的、感謝的。

原來，安定中的溫暖最是浪漫；棲恬守逸的平淡最恆長；心安自適的最浪漫。人生的浪漫，隨時會以各種符號、各種面貌出現在我們的周遭。幾次的家訪，教會我「愛，可以向下紮根。」能賞愛最平實的事物，對於遙遠盛名所傳的種種，才能真切的感受和悅樂。

我也連想起證嚴上人曾說：知道春有很多的面貌，四處尋訪，雖然暮春盡去，早有變化，但這就是宇宙之常。

春天以最熟悉的面貌出現，是最幸福的。旅行，探尋遠方的春天，生命的遨遊，當然很是浪漫；而家訪，是享受著熟悉的春景，明白身心的安頓，全然的放鬆和休息，當然也是浪漫。

所以，要感謝日日能夠按部就班的循序生活；這樣，在偶爾四處遨遊，張開雙臂恣意的縱情時，才能更懂得浪漫、享受浪漫。

這是我的浪漫心發現。

江南第一風水村
——武義郭洞村

郭洞民居精緻的窗花。

依道家修煉金丹大道的《內圖經》而規劃的郭洞村，「遊」必有氣；「氣」隨遊生。人從大自然中自由自在的走進走出，家宅和環境和諧的融合為一個整體，可居、可行、可遊、可望。難怪，郭洞會被稱「江南第一風水村」。

郭洞　郭在哪洞在哪

十一點十分離開俞源，前往郭洞。中午天氣變得很熱，如同夏天，大家都嚷著穿錯了衣服。

為甚麼叫「郭洞」？跟「郭」姓有關嗎？這地方有甚麼地下龍洞嗎？

不，因為：

郭外風光古；
洞中日月長。

純樸的、保有一片古宅的一個小村落，「別有洞天」罷了。

沒有喧鬧和擁擠。

一進村子就放慢了腳步，緩緩款款，可以放下沉甸的雙肩。一個小販賣著一隻小烏龜，一個大娘賣著一籃土雞蛋，一個蛋三塊錢（台幣十五元左右），架子上一溜竹筒飯。

沿著一道高約五米的古老城牆，我們來到村口。

小村口的門額，浮雕著：雙泉古里，雙泉指的是這裡著名的寶泉和樟泉，而說明「郭洞」這村名來緣的對聯則在兩旁。

入村後，沿著水塘轉入，有古老的水碓，也就是利用水的流動來推磨的磨糧房，有茂密林木，典型的以農業為主的小村，純樸而安靜，當然觀光客還尚不多。

正因為山環如郭，幽靜如洞，所以第一眼看上這兒的這個姓「何」的主人，便將這兒命名為「郭洞」。

郭洞何氏的先祖可溯至宋朝宰相何執中，他的後裔子孫仿照經文中的寶圖而營造一個要世代子孫長久居住的村莊。歷史原本是很遙遠的、抽象的，可是每一次走進某一處古村落，說是明清、元朝的都算是很近代的了，早些的有宋朝大廳，唐朝樟樹，甚至還有孔子時候種下的老銀杏，在我參訪古村落的步履中都一一得見了。

龍山森林長壽樹

走下龍山森林，我私自認為：如果沒有這一區的龍山原始森林，郭洞還能被認為是美麗的家園嗎？

因為參天古木，與古宅老屋、溪澗巷弄的連繫、配合，組成一個連綿不斷的、有動、有靜的有機時空整體。使整個郭洞的大環境和大空間都有了雄奇的變化，也有了超然的層次。

一過回龍橋，十幾步的上坡路後，就進入龍山森林區。從平坦的沃野，立刻攀入了峭拔的山林中。

步移景異，六、七百年的大樹，比比皆是，枝葉茂盛，即使現在該是一天最高熱的時刻，也覺得蔭涼。入山口的岩壁上，兩個「秀青」大字，註解了其中精華。

面積不大，但是古樹品種很多，有七百多年的苦櫧，有六百多年的馬尾松、楓香、青剛櫟，甚而有真稀樹種：六百多年紅豆杉，從其中提煉的紫杉醇，是一種治癌的良藥。

我頑皮的在林中大口大口深呼吸，先生拿我開玩笑說：高含量負氧離子，哇塞，年輕十歲了！

「對啊！郭洞村是著名的長壽村，平均壽命有85喲！」

林木蒼翠，饒富森邈之趣。因為何氏先祖明示：隨便砍伐樹木者罰款；重者逐出家族，成為孤魂野鬼。不得了，這在古時，是最可憐、令人害怕的。我們沿著最外圍的石塊山路，又從巨樹粗幹中間鑽過，從繁密的枝梢上空望過一聚聚的小村落，各條巷弄安靜的由山腳延展而出。看著疏朗的村落，人從大自然中自由自在的走進走出，家宅和環境和諧的融合為一個整體，可居、可行、可遊、可望。

我有些相信這整個郭洞的設計是依道家修煉金丹大道的《內圖經》而規劃的，「遊」必有氣；「氣」隨遊生。人從大自然中自由自在的走進走出，家宅和環境和諧的融合為一個整體，可居、可行、可遊、可望。難怪，郭洞被稱「江南第一風水村」。

江南第一風水村

雖然是江南第一風水村，下到郭洞古村落後，我們並沒有看到什麼道士、道觀，而是大片的明清古建築，村宅保存完好，其中往來生活，悉如平常。可惜限於精力，除了一面吃飯，一面詳觀「鞠蘭堂」改建的迴龍飯店，觀賞了屋梁、窗花、天井、廚房大灶外，還看了振聲堂、務滋堂和何氏宗祠。

尤其何氏宗祠，古樸大度，氣象肅穆，由門廳、戲台、正廳、後祠和廂房等組成。大門外有兩對豎旗石竿，每一旗竿上都有個方斗，「才高八斗」，本是一句書上的成語，在這裡卻具

旗桿上的方斗，原來才高八斗指的這個。

具實實，看得到、學得到。近得大門，近距離看得門上有門神、戶對、門楣，而進得門後，更有戶當相應。

祠堂大梁上懸掛了很多匾額：文魁、進士、義重儒林……，可以說匾額滿梁，而兩旁壁上何氏家訓：孝、悌、忠、信……，條列詳說，寓意深邃。何氏一門頗重教化，村落裡便有書院學堂，更以儒田辦學，免費受教，難怪我們在村中看到的木雕窗戶、門欄，頗多白馬狀元郎、鯉魚龍門、書卷筆硯等的。祠中大堂對面有一大戲台，翹角飛簷、古樸典雅，台上中心為唐玄宗畫像，背面則有一個大大的「孝」字。有人說郭洞村風水好，世代書香，子孫多賢孝，其實潛移默化的用心，處處可見，這才是郭洞人才輩出的真正原因呢！也由於宗祠後面有廂房，我們就在這兒看到一些早期的民生用品，以及擺設整齊的漆著大紅福壽的棺木，民間風俗在這兒都可以窺得一二。

住則龍回　回龍橋

遊郭洞，或說郭洞的註冊商標就是回龍橋。

回龍橋初建於元朝，古名石虹橋。後來明朝時，郭洞的第八代祖以「山為龍山，橋為艮象，住則龍回」的緣由，加以重建，並且易名為「回龍橋」。

說來郭洞的建村，是選擇了一塊三面環山，武義雙溪匯注的平地。大凡古村落的建村，非常重視一個村落的水口選擇、建設和維護，要營造世代安身立命的好環境，一定要先營造水口。水口，也就是眾水出口入口的地方。何氏先祖於是砌牆形成水口，又跨黃龍溪建回龍橋，得以聚氣藏風，所以來到郭洞，橋前樹木成林，水口古樹成林。

姑且不談風水，走上回龍橋，橋下溪水潺潺，橋上歇息觀景，置身綠樹如蔭、阡陌交錯、遼闊舒平的天地中，便是絕大的享受和愉快了。

我們從紉蘭堂到村口，從村頭水口上回龍橋，又登上龍山原始森林區，再下到村落裡，佛手瓜、雪里開……各種瓜果沿街販售，各式小盆栽也生動靈氣，這才是郭洞最可愛的地方啊！

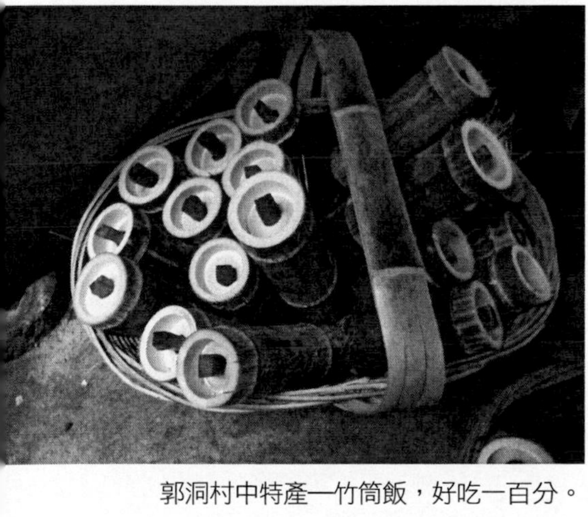

郭洞村中特產—竹筒飯，好吃一百分。

神秘太極星象村

——武義俞源

武義城南二十公里，就來到這俞源名村。兩千多人口大多姓俞，安和樂利，可圓美夢。

是明朝開國謀士劉伯溫按天體星象排列設計建造。

村口標誌，告訴你俞源的興旺密碼。

整體設計劉伯溫

劉伯溫以輔佐朱元璋完成帝業、開創明朝而馳名天下。劉伯溫雄才大略，足智多謀，有卓越的分析判斷能力，又有洞見瞻觀的智慧和執行能力。有歷史家就將劉伯溫比作魏徵或諸葛亮。

劉伯溫從小就聰穎好學，五歲能識字，六歲能做對子。有一天，私塾先生出了這麼個對子：「武定邦。」劉伯溫不假思索的對道：「文治國。」先生又念：「成家立業。」劉伯溫隨口又答：「開天闢地。」

十幾歲時就讀遍諸子百家之書，二十三歲中進士，做過元朝的江浙儒學副提舉、浙江行省都事等等的官。在國事日非、四方動亂的年月中，他逐漸看清了老百姓之所以鋌而走險，或參加義軍，都歸根於沒有莊稼可耕、沒有平安日子，生命朝不保夕，統治者還任意壓迫、暴虐、掠奪。這種情況下，他一方面上奏痛陳時弊，要朝廷效法堯舜，施仁義於百姓，一方面他在任職的州縣，就微服出訪直接造福百姓。

浙江青田縣南田人，凡劉伯溫當年到過的地方，幾乎都有他的傳說故事。他的家鄉浙南一帶可以說是更多，幾乎到了家喻戶曉、婦孺皆知的程度了，在民間，劉伯溫被視為「智慧」的象徵，說他能預知五百年的事。

劉伯溫以智造屋小故事

劉伯溫家座落南田武洋山麓，破矮潮濕；他的父母勤勞節儉，積攢點錢選擇依個向陽的山坪，準備造三間瓦屋。地基弄平了，卻因禮數未到，鄉中財主不肯點頭，甚而想要如同欺壓其他百姓般的拆掉它們。

財主想出一條惡毒之計，他對村民說：「山坪上五通爺顯靈，要全村善男信女在那裡造一座廟，可以永保太平。劉家也準備在山坪造房子，依我看，這房子造不得，我們凡人哪好跟佛爭地」。迷信的村民信以為真，就擇日動土造廟。不消幾個月，廟宇造好了，還用檀木雕了一尊五通爺神像。

劉家辛辛苦苦填好的地基給造了廟。劉伯溫看透財主的把戲，便對父親說：「這是財主藉菩薩壓人，我們要以好方法回報。」時值隆冬，天冷地凍。劉伯溫住在破屋裡，幾度醒來。只見漫天大雪，地上已經積雪盈尺，忽然他靈機一動，想出個妙計來了。當下他弄到了一雙很大的蒲鞋，倒穿著走到廟裡，然後再順穿著蒲鞋，把那尊五通爺神像背到自己屋裡，端端正正放在中堂桌上。

第二天早上，村人進廟燒香，發覺菩薩不見了。眼尖的，瞧見腳印從神龕向著廟門外去，清清楚楚直通劉家。

金閃閃的菩薩端坐劉家中堂。

菩薩搬家了。菩薩搬家了。

消息像一陣風刮開出去，全鄉人不論男女老少都嘖嘖稱奇，財主不相信，但是看到那雙很大的腳印，吐了吐舌頭道：「啊！得罪菩薩了。山坪住得不舒服，才自家找地方搬家了。」

五通爺顯了靈，這不得了。前來燒香祈禱的人摩肩接踵，幾乎擠破了劉家小草房。大家勸劉家搬到山坪廟去住。劉家假裝不同意說道：「廟當做住家不合適，屋是舊得好，還是讓菩薩遷個地方吧。」

財主聽說劉家不願搬遷，只好出面：「不看人面看佛面嘛！明天我設法改建山坪廟，您家也寬宏寬宏吧！」

不多久，財主已將五通廟改造好了住宅。

劉伯溫一家搬到山坪新屋。劉伯溫笑嘻嘻的說：「這叫『菩薩搬家，財主低頭。』」

俞源與劉伯溫

精靈多智、且助朱元璋平定天下的劉伯溫，又怎會有空閒來到山鄉，替俞家設計、造屋、建村呢？

俞家來俞源定居，相傳早在南宋時候。

俞家先祖俞德，本是杭州人，在松陽擔任儒學教諭，不幸在任上過世，由兒子俞義護送靈柩回杭州老家安葬。路過這個以姓朱姓顏為主的朱顏村的地方，實在夜晚了，只得暫時投宿在這一處村落裡。說也奇怪，停放在溪邊的靈柩，一夜間竟然陷落入地，被紫藤纏繞起來。俞義認為這裡一定是父親選定的地方，於是便置地葬父，廬墓三年。三年中，因為村人的協助，喪期屆滿後，便取妻當地人，落戶成家了。

俞家定居繁衍，勝過了朱顏兩姓。尤其到元朝俞涞這一代，俞氏一族本來就通文墨，又重視教育。俞涞知書達禮與劉伯溫兩人曾是同學，感情甚好，俞家更是劉伯溫從婺州、杭州回青田老家的必經之地，甚而連俞家子孫的排輩取字，都是劉伯溫定下的呢。

但是這時，俞源竟遭遇旱澇交替的天災，糧食欠收，常發瘟疫，可以說民不聊生。劉伯溫察看了俞源環境，村外十一個小山丘環繞，平地較狹小不夠寬闊，以一條山溪水為主要水源，風調雨順時足供應用；於是設計並指揮改村口直溪為曲溪，呈陰陽圖中的「S」形，蜿蜒在村中流過，同時在村子周遭的山坡上大面積的植樹，涵養水源，又補充了七個水塘，儲存溪水，供長年灌溉之用。因為土地小，更要平均而有道理的分配，於是將村口平坦沃野，按八卦規劃分配耕種，種稻米、種糧食，終年油綠。

這樣建村後，俞源便一路興旺，明代洪武年間，俞淶四個兒子都中了進士。

俞源也成了神秘的太極星象村。

神秘太極星象村

我們從村口伯溫草堂進來，小卵石鋪設的路徑，太極圖案十分清晰，苦櫧、肖楠，百年老樹成林蔽天，而堂內學士椅仍舊穩當，彷彿草堂別有歲月，劉伯溫仍在。

再過宣武門，村中沿河道兩旁都是民居老宅。我們試著推推木門，竟然門不落鎖，吱吱啞啞一推就開，跨進去，廳堂長案、桌椅收拾整齊，天井中的地坪也是用小卵石鋪就，有著回紋圖案，縫隙間長著細嫩的小草和暗綠的青苔，靜幽幽的。主人上田去了嗎？雞狗們在屋前屋後閒閒的曬著太陽，看見人來，仍是懶洋洋的趴臥著。

村裡較大的向陽空地上，幾個穿著藍衫大褂的老太太，一面曬著太陽，一面曬著梅乾菜；一個老大爺還提著個小火籠，坐在門檻上吸著長煙桿，看著我們很靦腆的要進屋去了，我也急忙把相機收起來，不要讓老人家心理不自在啊。

到處亂走，我看見銀河街的路牌，雙魚宮的門牌，天樞、青龍、北斗的巷名……，說這是星象村還真有些星象氣氛。各處都很乾淨，徽式馬頭牆一列列有序的昂首向天開展，天上、人間？

當然，這樣一個有歷史、有文化、有來頭的俞源，它的宗祠一定頗有可觀。果然，俞氏宗祠外至少五對旗桿，宗祠內前後左右有六大廳，根根梁條、斗拱、牛腿全是浮雕，有小鹿：詩

留心！腳下有機關。

經裡鹿鳴呦呦；有太獅少獅，天倫和諧；有鯉魚九如，還有龍首、麒麟、八仙、書卷、筆架，可說巧奪天工，尤其偌大的廳堂或側廳，沒有任何蛛網，紅色燈籠也煥然如新。還有窗花、門欄都有含意盛豐的浮雕。被封上「處州十縣第一祠」。其實，別說這祠堂，還有其它祠堂，就連普通人家的門口，門梁的支柱上也雕刻著祥雲、太極的吉祥圖案，更別說屋內的精緻雅趣。

說是團體參觀，可是又像是自由行，整個村落頗有秩序，逆流溯溪上行沒有方向上的困擾，可以依著興趣，任意盡情走走。

然而，儘管許多旅遊介紹稱美這俞源為「太極星象村」，不過到了這裡，村中各處走一遍，對其佈局仍不能了解，只知道俞氏宗祠位于斗口，洞主廟位于斗尾，有人說太極圖形的玄機，要到村后的山頂觀看。看看山頂，蓊鬱橫斜村落外，還要好一會工夫和腳程才能登達，若在村中住上一宿，倒是好去處。

洞主圓夢　家人相伴

過了作坊，也來到村尾，人家門前的空地顯得大了一些，也有些多了道士牆，上有絲瓜苗藤捲曲。

這時，就能看到一幢牆體通紅的方形道觀，遠遠在前，就是早已仰慕的洞主廟。大大的一「夢」字在山門前。

能讓人圓夢的「洞主」是誰呢？

好大的香爐，而且還正冒著煙暈。供奉的是誰？

廟裡的人說：洞主廟是典型的鄉土廟宇，甚麼神仙都拜，主神則是劈山救母的沈香和建造都江堰的李冰。

啊！建廟者的心意多麼明顯：分明是教鄉民要重「孝」、敬「水」，百善孝為先，水為大地母，上善若水，何況俞源村的水源全系人工開鑿。教化重於祭祀，我們在廟裡觀看後更肯定這看法，因為廟內四壁皆為有深意的詩文，如朱熹的〈讀書偶感〉、程顥的〈春日〉⋯⋯。

聽廟裡的人說：洞主廟建於南宋，是遠近聞名的圓夢勝地，每年農曆六月十六為圓夢節，總有善男信女來到廟中，席地坐臥，或住宿一晚，期待得以圓夢；若是沒有夢的話，也可能可以得到神仙指示的夢。

有多少人來呢？

「千餘人總有！」

哇！這洞主廟並不大欸。

能孝、能敬天，人，還有甚麼願望不能圓滿呢？我和不少朋友們以雙手合十表達了敬意。因為在大陸旅遊，上香發生香油錢的糾紛和不悅，時有所聞。

出了廟後，先生在修德亭裡留影，我更喜歡那座單拱小巧的夢仙橋，兩條小溪匯流，古樟綠葉披垂，青山在後護圍。而大夥索性坐在廟前台階上聊著心中的夢，年少的際遇。這何嘗不是一場美好的夢呢？

村中最特別的地方，洞主廟前的夢仙橋，許願特靈。

回想這兩天，我們一口氣看了諸葛八卦村和俞源太極村，深深佩服著建村者的長遠眼光和人生智慧。在大陸這塊大土地上，再說怎麼小，兩村都是方圓幅地廣大，有三萬多平方米，可以讓建築師盡情依理想規劃。諸葛村按八卦規劃，俞源以天體星象造鎮，人再怎麼鐵齒或強橫，多有所畏天，因而俞源村內古跡名勝多能保留，有古建築群一〇七二間，有宋代建的洞主廟。

而水利的重視更是生民之源，諸葛村有八卦水塘，俞源有潺湲彎洄的溪流，七星塘、七星井，錯綜複雜中各有規律和統一，而彎曲太極的巷道，防風、防盜，可以有更多接觸陽光、溪流的面積。

尤其修改這篇遊記的時候，寶島台灣正受著水患之苦，十餘年忽視水利，輕蔑水文，相對照之下，更是悽惻感嘆！領導者和百姓啊，何時都能有著敬天重水的大智大慧呢？

印象最深、感覺最好

如果問我去的浙江古村鎮中，哪個印象最深、感覺最好？我肯定會說：「俞源」。座落于武義山區，成片的深宅大院，完整、肅穆、氣派的宗祠建築，充滿民間鄉野氣息、環境極其優美的廟宇，也有我所見過的最繁複精美的木、磚、石雕刻裝飾。

尤其我們來的時候，俞源沒有大規模的商業和觀光開發，只是設置了一些房屋標牌和路標，民情淳厚，更沒有旅遊紀念品商店的吆喝和嘈雜。

一語驚醒夢中人

仍然緣著溪流走到村外。再好的地方也有告別的時刻。

上車後，準備小睡。

突然，先生說：他忘了應該要說個夢的。

我笑著說：那感情好，我們哪天再來吧？

只是你先想好要求什麼夢喲！

同場加映：偶感

出發前看到最詳細的行程時，我的女兒說：看那麼多古村落，好玩嗎？古村落要怎麼遊啊？

我不打算回答她這個問題。我反問她：「你那麼喜歡合掌村，怎麼好？」

「感覺！」女兒俐落肯定的說。

「怎麼玩啊？」

「憑感覺！」女兒仍俐落肯定的說。

對！我就是以「感覺」來遊古村落。

西方哲人喜歡說：「生活裡不是缺少美，而是缺少發現。」同樣的，遊古村落，我喜歡強調：「不是缺少美，不是缺少知識，而是缺少感覺。」

走進徐畬底村，走進畲族村，走進這俞源的村口古樹，我總是立刻萌生回家的感覺，載欣載奔，屋子好乾淨，秀樓閣板要輕踏。就算同是古村落，徐畬底有較多的「感傷」，而這俞源則較充滿「甜美」的回憶。我也試著推想：劉伯溫若在今日，看到這蔽天濃蔭會有怎樣的歡喜？雖然對這兒的一磚一瓦，我具體說不上來，但是整個氛圍，走在穿巷過弄時的心情，看原居民生活，老太太曬太陽也曬梅乾菜，小黃狗趴据院落，在在感覺情味。

俞源的精神中心—余氏宗祠，也是江南最大的宗祠。

走出一個村落時，我常會給自己一個題目：我到底「看」到或「感覺」到什麼？如果「看」完之後，覺得和「不看」沒啥差別，我知道常就是因為我沒有「感覺」。就像我的朋友有人說：她們實在不懂：為什麼聽不懂周杰倫唱的什麼歌？原因很簡單：因為沒有了年輕人的那種感覺。

就好像參訪東陽盧宅裡，許多老床、木案、木澡桶……，先生一個個細心觸摸，喃喃自語的念著「樟木的，好細緻」「肖楠木的廚斗」，他蹲在那裡看紋路，看圖案巧複、栩栩如生，因為他對木頭有感覺，所以可以辨記。

俞源民宅最主要的特色是極其繁富的木刻裝飾，簡直如畫幅。一般而言，古村落大多以宗祠的建築和裝飾最複雜和用心。而在俞源，俞氏宗祠、李氏宗祠外，幾乎各個大宅都有大量木雕，顯示了以人文特色、家族傳統和經商致富的望族氣派。

我們仰頭觀賞著大梁、楹柱、柱撐、門、窗、牛腿、斗拱、雀替，只要有木造架構、磚石建基，就必有精心的雕刻，不論木雕、磚雕、石雕，題材從花草魚虫到人物、亭台樓閣應有盡有，保存也十分完整，沒有毀損、蟲蛀。是浙江罕見的天然木雕博物館。會隨天氣而變色的魚、兩面看起來圖案不同的雕花透窗、指甲蓋大小的太極陰陽圖等等神奇雕刻也都能在這裡找到，相對於樣式比較雷同的住宅外貌而言，其內部才是真正的千變萬化。

幸好，我的感覺沒有失去。帶著無限高貴的素質，延續著我的旅遊，津津有味，直到疲憊了，沒有「感覺」時，我也要回家了。

外場加映：藻井的故事

什麼井沒有水？怕水又要防水？
什麼井不望下看，而要仰頭酸脖子酸的找？
這奇怪的井怎麼來的？師父是誰啊？

藻井沒有水，藻井防水怕漏水。

藻井，高高屋中天花板，仰頭來找要耐心。

師傅很多，開先祖竟然是蜘蛛。蜘蛛結網。多麼平常的事。

參觀一座傳統的建築物時，站在雄偉的大殿下，仰頭向上瞻望時，看到那一口形狀像「蜘蛛網」卻又比「蜘蛛網」更精妙的「藻井」時，總是充滿敬佩。先人是怎樣會想到這樣的設計？

相傳「藻井」，就是由蜘蛛網演變而來。

春天的俞源處處柳綠，一片活潑。

「藻井」的起源，相傳是在明朝朱元璋剛開始打天下，建立基業的時候。一日，朱元璋為了躲避敵人的追殺，在一個小山洞裡避難。正巧一隻蜘蛛在洞口結網，將洞口給封起來了。這時追兵一路殺過來，到達洞口時，發現有蜘蛛網，認為這裡一定沒有人來過，於是撤兵回營，暫停追殺行動了。就這樣，朱元璋的一命就被一張蜘蛛網給救了。

朱元璋繼位明朝天子以後，為了感念「蜘蛛結網」的救命之恩，就在寶座的大殿上，命工匠雕塑了這像「蜘蛛網」的藻井，用一種日夜生聚教訓的心情，時時提醒自己知恩惜福。

這種華麗繁瑣的傳統建築物裝飾技術，稱為「藻井」，老師傅都習慣稱為「蜘蛛結網」。它的形狀呈八角形，顏色多半是大紅色和金色，或是各種花色交互使用。「井」就是天花板的意思，建築的時候，向上逐漸迴旋成一個圓形，再一層層的集向中央，完全不用任何一根大小的鐵釘，而是以木栓緊緊的扣合在一起，堆疊出一個立體感十足的寬敞空間，相當別致好看，更增添了正殿的莊嚴、雄偉和氣派。

從此以後，凡是規模比較大又講究排場的傳統建築或寺廟，都會請師傅在正殿上「做」一座「藻井」。而各個、各地的名匠，又會挖空心思，變化出各種充滿藝術、民俗、人文色彩的樣式。到後來，藻井已經成為一種藝術極品的代表作品了。

如果仰頭因看「藻井」而頸項痠疼，哈，也別抱怨或不耐，鐵定是那「藻井」太引得你目瞪口呆，一時忘神了。

卷三

千載多情

心情洄游到一路要跋山涉水的遠久，靈魂在山林溪水上漫行，隨著向晚的風，舞動著年少時就一直嚮往的遨遊之夢。

桃李花似怯春寒，天上人間怎一般。

夏日的斷橋美景，荷海風涼。

千載多情
——西湖小孤山斷橋

斷橋的美麗，白娘娘曾經這樣唱道：
離卻了峨眉到江南，
人世間竟有這般美麗的湖山，
這一旁保俶塔倒映在波光裡面；
那一旁好樓台緊傍著三潭。

梅為妻、鶴為子　孤山吾家

小小梅園在孤山山腳一隅。

盛夏時刻，梅枝上梅花早已轉成簇簇翠葉。

這就是那個以梅為妻、以鶴為子的林和靖他的梅林嗎？

是啊！在這梅林上方的丘陵處，還有林和靖墓呢。我和父親在梅樹下散步，樹葉藍天相映的美麗，不禁令我們神往。

孤山雖名為山，高不過才數十公尺罷了，離西湖也只有一堤之隔，繁華杭州的一處靈秀居地，應該可以說是來此的詩人，本就心遠地自偏、看透俗世了吧？否則，林和靖怎能夠清淡居處，在此遊人如織之地而至終老？在一湖紅翠艷麗之外，獨識凌寒暗香？

眾芳落盡獨暄妍，占盡風情向小園。
疏影橫斜水清淺，暗香浮動月黃昏。

這首詩寫的是秋天梅林景色，因為花草樹木都呈現凋零衰落景象，只有梅花在小園內，獨領風騷，因為有梅枝的疏影舒展在西下夕陽裡，一股梅花的暗香飄浮在清淺的水面和他的嗅聞裡；同時也因為林和靖的決心「不出仕做官」，所以「山園小梅」名動當時，且又享譽今日。

不過，我們來訪時，這裡正是炎夏，有幸的是梅林裡有微風輕送，水面和風拂過層層的荷葉而來，輕涼舒爽。如果炎夏尚且如此有世外之涼，秋天桂香飄送時，豈不更令人沉坐徘徊了？

走斷橋　巧遇有情人

由於住在望湖賓館，過馬路就可以到西湖或小孤山。

前一晚，就和父親約好：早晨四點半鐘就要去走斷橋。斷橋就是白娘娘遇見許仙的地方，荷花荷葉別樣紅綠的浪漫所在。我穿了特別帶來的粉桃的長裙，我認為遊斷橋最美的裝束就是像白娘娘那樣古典。

父親笑說：要搞浪漫，卻帶個老爸爸。

很好啊！沒有牽掛最浪漫，若無閒事掛心頭，便是人間好時節。

林蔭參天，熹微天色。

白沙堤第一橋，就是古之斷橋。斷橋長長的單拱，如彎月，清晨走來特別詩情。

斷橋的出名，全因為戲劇中的斷橋會，許仙和白娘娘就是在西湖斷橋邊遇雨、初識、借傘、相送，最後結成連理。許仙自法海和尚的金山寺逃出，和白娘子重逢還是在白堤斷橋；斷橋就成了花好月圓，巧遇有情人的浪漫代表了。

為什麼要選在斷橋處？斷橋不斷，是造型輕巧的橋，落雪的冬天，大地穿上銀白的衣裳，每當雪霽天晴時，橋面突起較高部分的白雪，必先融化，遠看就好像橋斷了。所以斷橋的美麗，白娘娘曾經這樣唱道：

離卻了峨眉到江南，
人世間竟有這般美麗的湖山，

孤山路上的蘇小小墓，傍晚很多當地人來這乘涼。

這一旁保俶塔倒映在波光裡面；
那一旁好樓台緊傍著三潭。
蘇堤上楊柳絲把船兒輕挽，
顫風中　桃李花似怯春寒，
天上人間怎一般。

過「平湖秋月」，其實就是白堤開端處的孤山山腳，有山丘、閣塔、橋亭之勝，「萬頃平湖長似鏡；四時月好最宜秋」。賞月美，在這樣初夏的清晨，迎接天亮、日出，也是美麗。淡淡煙水輕攏湖面，荷蓮層層如風中微波。其實，無目地的漫步，也是我的閒情逸趣。

我和父親慢慢沿堤散步，看著大地由漠楞楞中慢慢轉為白銀銀，蓮荷蔽湖、梅枝盈坡，都是這清晨中的最好的風景。

慢慢的，不很吵雜與熱鬧的斷橋旁，來了一群老者的小調對唱，又引來樂好此道的一群同好，看來他們都是舊識般的熱絡，唱甚麼，誰接唱，頗有默契。我和父親隨興所至的默默站立，雖然我對他們所唱的一知半解，江浙話的吳儂軟語也讓我揣摩，可是看他們落落大方，很自然活潑，也覺有趣味。尤其父親搖頭晃腦的聽著，哇，老爸也可去參一角啦！我羨慕的問他：他們唱的些甚麼？他竟好玩的說：不知道，聽戲嘛。

小孤山上花木扶疏，更勝西湖。

父親的笑容說明了他的滿足。年輕時對西湖杭州的嚮往，八十歲時在女兒陪伴下能一圓心夢，我也深深的吸了口氣，慶幸自己還能有這樣的陪伴機會。

蘇小小墓　千載芳名

遊覽車停在路口，地陪說：傍晚走孤山路看夕照，走走就到旅舍了。

地陪有點偷懶，還有精打細算我們的團費。父親說：大陸地陪甚麼都吃，就是不吃虧，心裡知道就好。出來玩就要放寬心。

一入孤山路，我忍不住就嚷著：

「小小孤山還有孤山路啊？」

是啊，不但有路，路口還是座蘇小小墓，太陽照著一座六角涼亭，亭柱上有楹聯：千載芳名留古蹟。亭中有一小小圓丘形墓，幾個遊人就在墓上摩梭。

說來這哪像墓？沒有一點陰沉，跟小孤山上很多的墓：蘇曼殊墓、林和靖墓……一樣，只讓人感受那些個人存在的具實吧！看來，世上還是有些永恆的事與人。

蘇小小故事

蘇小小相傳是南北朝時的南朝杭州歌伎，能詩善歌。

孤山路邊的長堤。

一日，在湖邊邂逅書生阮郁，兩人一見鍾情，不久結為夫婦。不久，阮郁被父親召回而全無音訊。小小心中憂慮、煩悶，便到南山去賞桂花，車過煙霞嶺，小小看見一個窮書生，落魄寒冷的在破廟中攻讀，內心十分同情，便贈銀百兩，資助那位名叫鮑仁的書生上京趕考。很快的冬天來了，一日大風雪中，上江監察使路經杭州，指名要蘇小小陪酒吟詩助興，蘇小小再三回絕，但迫於官威壓力，只得強顏歡笑應付，卻自此一病不起，臨死前留下遺言：只願埋骨於西泠。這時，高中金榜的鮑仁剛剛趕回杭州，聽到蘇小小的死訊撫棺痛哭。後來，他按照蘇小小的遺願，為她在西泠橋畔造墓建亭，以記念她的恩德。

不管這是個真人實事的故事，還是說書人的才子佳人悲劇，有亭、有橋、有花樹，有情、有義、有感恩，這樣的纏綿悲喜，任誰都對這墓墳投注眷戀的一瞥！

經過玉腰金背的錦帶橋後，梧桐羅列，翠綠樹叢中有秋瑾雕像，漢白玉的質材，就如秋瑾一生的聰慧和志節，蘇堤上有一座風雨亭，那裏原是秋瑾祭祀祠堂。我們又走過「樓外樓菜館」、「西泠印社」、「六一泉」、「中山公園」……

「回去吃晚餐吧！選一個可以看湖的窗口啊！」我跟父親說。

「ㄚ頭，太享受了吧！」

「嗨嗨，的確是！老爹，咱們冬天還要再來喲！」

「你不買地圖了？」父親問。父親還記得早上散步時說的事。

「恩！在杭州丟不了，丟了就算送給西湖的吧！」

滿足的驚嘆

晚上，當我們入睡前掩上窗簾，再次抬頭望向西湖夜空時，閃爍的夏日星空為此行畫下了美麗的驚嘆號！

三天的晚上呢！我在西湖邊住了三晚。

前人有言：「凡過我眼，皆為我有。」真的，我們已經得到太多了啦。

翔飛溪上的羽翼

——泰順廊橋

文興橋掩映在一片晶晶黃澄的油菜花田之後。

慢步走在廊橋上，剎那間仿佛穿越了時光隧道，回到百年前的熙熙攘攘的人潮中。仿佛聽見了小商販與行來的騾車發出的唧擱唧擱的聲音。種種只發生在那一以木板為繡線，精緻繡築於兩山坪谷間的作品。

遐思浪漫　千里尋訪

前一日，晌午十點左右從寧波出發，走甬台溫高速公路，一路兼程，過溫州，傍穿山，飛柳市、瑞安、蒼南……，午餐簡單也將就的在休息站內草草打發，一定得在傍晚趕到浙江最南面與福建只一山之隔的泰順。一定得要，一整天的舟車。

雁蕩山殷勤伴隨，關山疊疊；楠溪甌江，浩水湯湯。啊！萬里迢迢。這時，我不禁要自問了：年過半百，你究竟追尋著什麼？你，還浪漫得傻嗎？

何其遙遠的泰順？

何其令人遐想的廊橋？

日子離清明尚有三四個星期，還未抽長新葉的白楊樹裡，喜鵲已來築巢，而不少一幢幢重層黑木結構的老屋老城，已在急急開工的推土機下，成為半倒的土牆。

許多老舊卻美好的東西，似乎等不及要在時光的風蝕裡和人為的疏忽裡，不知不覺要煙消了。

百千年的廊橋是否也如此呢？

我記掛著：
東南山野廊橋多姿。

百拐千彎　倩影翩然

一路搖啊晃啊，泰順的山區真是百拐千彎。從泰順到大鈞，或到羅陽的公交班車很少，寬敞的山路，我們的車彷彿是尋找知音的鍾子期，聽著風聲聞嗅著溪澗，感覺美麗悅耳的清音，就在山中吹奏著牧笛。

浙江省南部的山峰，一座雁蕩，已經足夠是千百成峰直上天際。而泰順境內，一百七十九座千米高山，更如是五霸諸侯聯盟誓師，每一彎處，都呈現弦月弧形直甩出去的霸氣。泰順，不想成為世外桃源，都說不過去的難啊！

不過，正因為如此，泰順地區的廊橋才能保存完整，留下至今更令人心動的美麗。盯著車窗，搜尋的眼毫無倦怠。顛顛簸簸，千山萬水的痴心尋訪，是前世結下的牽繫歡喜嗎？是春雨綿綿裡尋訪杏花酒樓的飲食欲求嗎？

橋中的守護神明，守護橋，也守護從橋上走的子民。

遙遙山坳裡，飛逝而過，不時的出現黑蝴蝶般翩然兩翼的小廊橋倩影，橫跨在與路伴行的溝壑之上，小小車廂裡立刻掀起一陣的歡聲。

「真的，真的，廊橋耶！」

很快的我們先來到筱村鎮的文興橋。

春天環抱　文興橋

從幾戶人家外的竹林穿過，便隱約可見文興橋掩映在一片晶晶黃澄的油菜花田之後。終於可以放開腳步，投奔入廊橋的浪漫裡。你可以想像一群人奔跑鄉間的快樂和熱情，童稚和驚嘆！

廊橋，顧名思義，就是有屋簷的橋，歷史上的泰順鄉，村落分散、交通簡窳，人們外出往往行走十幾里罕見人煙。於是泰順先祖們，便規畫在相隔一定的里程的大路河流上，建造一座供人歇腳、過夜，甚而祭祀或拜別家人的風雨橋。而橋上建屋簷，也用意在保護橋樑。

我們磴著田間的小石階向河谷低地跑去。文興橋就在不遠處啊！春天的田野油菜花黃橙橙的鋪展，而半吐的秧針綠油油的傾瀉，一兩處剛收了菜蔬的閑地裡臥趴著老水牛，昂著頭哞哞唱著舒服。

翠谷、清山、綠野、人家，一座廊橋奔上蒼穹，掛上兩處桃源。鳳珠跑在我的前面，她直嚷著：「多像一幅畫！多像一幅畫啊！拍回去找老師來畫！」清澈的溪水緩緩，石澗翻白，幾隻鵝鴨悠遊穿梭。我忘了有沒有回應鳳珠的話語。因為我心底一直嚷著：值得了，值得了，千里的奔赴。我站在文興橋前有些兒想要掉眼淚。

好圓好直的木柱。先生說該是百年肖楠木，他珍惜的撫摸著。怎麼建造出來的？

一長列有序的木柱撐起根根筋勒的橫樑，然後有翼髮然。

難怪初見這橋的人要驚呼了，要這樣說了：彩虹飛架寬闊水面，結構巧妙結，令人驚嘆。尤其這文興橋更是瀟灑，你看橫跨河面的兩排基座，一前一後的不對稱，恰恰就像昂首闊步跨出大腳的漢子，行走天地，無懼無畏。

文興虹橋　起源宋代

　　而據說這種木拱虹橋起源於宋代，中原世族避難來此。據說，泰順人以造橋修路為最大發願。尤其，這座文興橋，就是一個人用盡家產，甚而後來僅賴乞討維生仍不悔初衷的投注金錢身家而建造完成。所以走在這座木板橋面上，我幾乎走一步一點頭一默念的向造橋人致上無以言喻的敬意。

　　來到橋中間，有簡單的佛龕、花束和紅色燈籠。龕中祭拜的是關公，關公義行天下，保佑良善百姓。過橋人向他獻上一炷香，可以祈求一路平安，然後，放心的邁步闖蕩他鄉。

　　也許是這樣的安心及依賴，造橋人，才是那般無悔、那般甘心的奉獻捐輸吧！。鳳珠在橋上興味酣濃，她學地理教地理，這山區種種都是她的珍寶。我就跟著她跑，跑得差點撞上橋上的大木柱和紀念石碑，跑得手忙腳亂又笑聲連連。最後，下橋時她又虔誠揖拜，那虔誠也是我的感動，我，當然也跟著她如是一拜囉。

　　坐在油菜花田埂邊，文興橋在眼前。愛在這裡，從這兒出發，仍掛念這裡。鄉情，一輩子哪。涼風徐徐，鄉村氣味瀰漫，真令人沉醉久久。

久久。

哇，好棒的文興橋！

夕陽紅霞　仙居橋

黃昏之前，我們終於又來到一座深褐而斑駁的大木橋前。優雅的起伏橋身，在我們眼底驚如天人。

原來這就是仙居橋，羅陽仙稔鄉的仙居橋。

而早在我們來到之前，已有幾個騎著摩托車來此的年輕人，趴伏在仙居橋前數步遠的一座現代化的水泥橋欄上，神情悠閒眺望，我推測：他們應該是正欣賞著斜陽映照下的仙居橋吧。

溪水平緩，綠草青青。泰順跨度最大的廊橋，仙居橋。

腳步沒法子再停駐了，奔向橋頭的心情也沒法子不變得興奮了。

穿過橋廊，在橋柱間留影，爬上橋椅横木，伸長脖子顛起腳跟俯瞰河水。

正當思緒飄浮在重重山間時，前方一個急轉彎，一座深紅而斑駁的大木橋呼然跳進我們的眼簾，真是藏在深閨！

廊橋，就是有屋簷的橋。
看這屋頂結構多嚴整。

深閨佳人　難自棄

木拱廊橋，始建於明景泰四年。橋屋十八間。由於現在是春天，溪水平緩，橋下綠草青青。但由於泰順地處重重山巒之間，一旦雨季，河水暴漲，常會引發山洪。仙居橋據史記載，四度被沖毀並多次重修。我們現在看的橋座則是康熙十二年建造，至今已有三百多年歷史。慢步走在廊橋上，剎那間仿佛穿越了時光隧道，回到百年前的熙熙攘攘的人潮中。仿佛聽見了小商販與行來的騾車發出的唧擱唧擱的聲音。種種只

迢遙山鄉，仙女來此遊玩，翩然降臨——仙居橋。

發生在那一以木板為繡線，精緻繡築於兩山坪谷間的作品。

仙居橋面寬闊，橋上沒有其他如佛龕、樓梯的架設，更顯得靜敞，方便仰頭仔細觀看或拍照。細看廊頂構造，整齊的橫樑、縱柱，別壓穿插、搭接，不用釘鉚，全只用相同規格的木件。縱向四根、橫向兩根，平面呈「井」字形。

也許因為泰順木拱橋結構巧妙，所以不少著名的橋樑專家，曾組織了科學家共同對浙南疊梁木拱橋進行實地考察與比較研究，確定大量留存於浙南山區的疊梁木拱橋就是北宋時期盛行於中原的虹橋結構。

我不懂深奧的建築，卻很著迷這些建築上的：廊頂、藻井、雀替、斗拱……，因為先民生活中的美學，這樣觸目且平易。

鳳珠跳上廊橋木凳，她說：「拍一張休息照吧！」半倚半靠，她還假寐得真舒服呢！

「換你了」

啊！一個山間挑著菜乾果糖要進城叫賣的女子。就在此打個尖，睡一會兒吧！

「喂，睡得真香甜耶！」

鳳珠指著她的數位相機的鏡面叫我看。

當然嘛，投射入那麼真切的情感，拍出來的照片怎能不打動人心呢？

尤其，傍晚的陽光透過高處欄檻，篩下斜斜光影。這婀娜的廊橋彷彿踏著輕盈蓮步。

終身等候的愛情

仙居，多麼美好的名字，令我想起了那部著名的美國愛情老片「麥迪遜橋之戀」，四處巡訪廊橋的攝影師，來到一座偏遠小鎮，卻因為廊橋而邂逅一位鄉間女子，兩個浪漫嚮往真愛的人譜出了一段刻骨銘心、終身等候的愛情。

我，坐在仙居橋的長木凳上，讓心情徊游到一路要跋山涉水的遠久，靈魂在山林小徑上慢行，隨著向晚的風，舞動著年少時就一直嚮往的遨遊之夢。

這裏有愛等你回來，走得再遠都會回轉來。

哼著歌曲，望著夕陽，身旁，木造廊橋靜靜佇立。

同場加映：紅岩瀑布

往仙居橋的路上，我們遇著一個大瀑布：紅岩瀑布。
紛紛快速下車。
好漂亮啊！旅途中的驚艷。水勢豐沛，汩汩而下，一匹白絹。
水勢從哪而來啊？
從一片山林中竄下，山岩連綿，雜樹簇擁。
幽谷、森林、瀑布，水花濺出了晶瑩，在陽光下閃爍如雪。
因為開發這52號國道紅岩隧道，才有這懸天而來的紅岩瀑布！
「得之，我幸；不得，我命。」
隨緣而喜，多出來的興奮，更是記憶深刻。

途中的驚喜，
紅岩瀑布就在身邊。

仙鶴飛渡——鐵索橋

鐵索橋結構簡單，
要輕功才能飛過。相信嗎？

足足飛馳繞了半個多小時，到達了一條大河之前。

白鶴山莊到了。好遠好遠的前面，有一塊木牌標示：仙鶴鐵索橋。

山莊少主，一個白淨的十幾歲帥哥出來，有點武俠小說中的情境，要引領我們過橋。

仙鶴山莊

從筱村到羅陽，得繞過司前——花坪——仙居——羅陽這一長串的山鄉小鎮。所以從文興橋到仙居橋，我們還可以看一座鐵索吊橋，雖然這鐵索橋是很現代的建築。

午後，在美名司前大酒店吃了一頓遠遜於台灣的家庭小館的午飯，一點三十分再出發。司前是一個這兒尚且熱鬧的鄉鎮，幅員相當廣大，我們要去看仙鶴鐵索橋。

從酒店出來，座車足足飛馳繞了半個多小時，到達了一條大河之前。

白鶴山莊到了。好遠好遠的前面，有一塊木牌標示。

山莊少主，一個白淨的十幾歲帥哥出來（有點武俠小說中的情境了吧？）要引領我們過橋。

原來。白鶴山莊修建的。

前臨飛雲湖

白鶴山莊，前臨飛雲湖，後靠九座山。一旦上游水庫闢建完成後，湖面浩淼，祖宅之地必須要有一對外交通要道，否則真要如武俠般以輕功高出高進了。

於是，鐵索橋誕生了。

鐵索橋長三百五十八公尺。

木板、鐵網、粗纜繩，建材簡單，搭建費事，平穩垂懸兩山谷中。

到了鐵索橋前，看到這樣高吊懸空而下臨深淵的橋面，別說是水泥橋也會讓我害怕裹足，更何況這簡單懸吊又露空的鐵索橋？

我決定不過橋了。何必受心底的懼怕煎熬，何必花錢買罪？

雖然正中午陽光有些刺眼，橋的這一頭水泥馬路、亂石堆疊，人煙稀少。我決定在橋這頭等待，我問領隊：妳們是不是走過了橋就會回轉？

至少，我在橋這頭可以看到我熟悉的隊友身影；至少，可以看到胖胖老公的大肚皮「凸」立群英。

地陪說：過橋後要到山莊裡喝茶。

那要多久？

大概一個小時。

四周空無一人。樹蔭也不夠涼爽。隊員們一個個過橋去了，笑聲、尖叫聲順著鐵索傳將過來。

先生說：我陪你吧！

不用，不用。我在這看書、寫旅遊隨筆吧！

我的表現大概太勇敢了。先生遲疑了一會兒後，跨出大步，過橋去了。

隊友全部都在橋上了。我看著他們的身影越來越遠。我到橋口上給他們拍照，橋口上的風很大有些冷，我有些打寒顫了。

不知是風冷，還是我的害怕？橋這邊實在太淒涼了。

我開始掙扎著要不要嘗試著過橋去？

我也開始害怕萬一發生什麼事該怎麼辦？

懼高考驗

得之姐尚未動身。她說橋身平穩，晃動不大。

試一試吧？她一再鼓勵我。

我看著她企望的臉神，彷彿說：

不能放你在橋這邊，我真是不放心。

而我有些無奈，更有些為難。

然而，錯不在她，錯也不在我，這真是個大尷尬。

先生和阿標大哥也折轉回來了。

唉啊！我牽連了很多人的遊興呢！

我們陪你，試試不行再折返好了。

我心底也想姑且試一試！於是，我讓他們慢慢走在我的前面。慢慢走的重量，對於橋身來說，幾乎是不造成任何懼駭的搖晃。

我一面「堅強」的前行，一面再看看橋下平坦沙地，心想：即使掉下去應該也有柔軟的感覺吧？

於是恐懼稍減。

終於扶著鐵索，我，一步一步走。全身是冷汗。

尤其，走在橋上，腦中一片空白。只單純的想著：平安過橋、平安過橋。

鐵索橋長358公尺。

對一個懼高懼空的我來說，很艱鉅的路。尤其還要走回頭路，再走一趟。

不過，也許生命裡那種不服輸、不認命的頑強，支撐了我。

過橋後，一座水泥亭閣、一個枯涸人工水塘，幾間木屋，雖然居高臨下，可以俯瞰河水，俯瞰低谷。

橋下世界多可愛啊！

我喝了一大杯白開水。休息了好長、好長的時間。

大大地方，小小景區。

我的意識恢復了。我的第一直覺告訴我：跟我們台灣的杉林溪、南橫天龍吊橋景區相比，這兒差遠了，杉林溪淳任天然，南橫幽雅瑰偉，才更令人留連嚮往。

出了仙鶴景區，先生問我有沒有給鐵索橋拍照？

「拜託，嚇得都腿軟白目了。」

「太好了，那快拍快拍吧！」「一百年後它就是古蹟了！」

「那，就留給你拍好了。」

熟悉熟溪
——熟溪橋

熟溪河上的熟溪橋。

吃早餐時，就興沖沖的等著一瞧「熟溪橋」的美麗。

看圖誌介紹：熟溪橋始建於宋朝開禧三年（一二〇七），位於縣城中心，為十墩九孔，重檐歇山頂亭閣廊橋，橫跨武陽川，通濟南北，氣勢恢弘，設計巧妙，是中國古代橋樑建築中的一朵奇葩。

行程中根本沒有熟溪橋這一地方的。

可是，熟溪橋就在市中心，又在武義香格里拉酒店住了一晚，說什麼都不能不去熟溪橋走走，或者說拜個碼頭。

由於就在武義市的中心位置，車行一到武義，就看到熱鬧的氛圍中一座兩層樓式的古典廊橋。既屬於廊橋，有簷頂、壁面、翹角，還有橋長得很呢，約是長橋中間位置還有一層閣樓，真讓人眼睛一亮。

武義，浙南還不太出名的縣城，不過你別受先入為主的成見囿限，就像義烏，誰能知道短短幾年，她已發展成中國最有名、最火紅的製造、批發商城？武義江有許多大支流，清澈的河畔旁，散落著一個個保存完好的古村落，這城市中心熟悉河的一座大橋，當然有她可觀可愛的地方。

上橋入口一片花海。

我趁著還沒上橋的空檔，先到橋下去看婦女洗衣，看長橋倒影，雙紅飛架，漣漪拋彩，好看哪！再透過拉近遠鏡頭，看看橋上樓閣的究竟，「歲豐閣」窗花木櫺、氣派儼然。

人來人往，上橋下橋，還有在橋廊長椅上乘風涼的當地人，一幅車水馬龍的畫面立刻呈現眼前。我們也夾在那些行人中上橋，長風穿廊，熟溪河長揚，遠處是現代化建設中的武義市區。

樑柱如同其他許多廊橋一般，高敞，筆直，如月般向上拱起。全是木質結構的橋梁，走起來格外舒適有軟彈的感覺。我們慢慢看，看橋上風景，也讀橋上楹聯和橫匾，可惜的是有些篆體字匾我看不懂。我記下幾聯我喜歡的，如：

看流水萬千漲落；
問古橋多少滄桑。

三百里溪泉自何年煮成熟水；
五千家燈火從此處飛越長橋。

真是寫景、述人文，貼切而傳神。

春天的紅玉蘭花，又名辛夷花。

由於武義蘊藏有很多的螢石礦，日據時代日人曾在橋上鋪過鐵軌，運送武義所產的螢石礦，用來製造武器、彈藥。直到抗戰勝利後打掉鐵軌，修回原貌。有了這樣的了解，我們在橋上四處低頭尋找、細察，然而根本看不出甚麼建拆的痕跡。因為這座熟溪橋跟很多古橋的命運頗多相憐處，這座橋也是在一次大洪水沖垮後依樣重建的。

兩邊橋頭都有石獅和小花園，月季為籬，紅色辛夷花為心，一樹樹的，像小小純厚的掌心，感恩、珍惜。而每天早晨五點到夜晚十一點開放，其他時間則為保養、打掃。

逛完了橋上，我們下橋在小花園前拍照。黃了的小金盞，白了的玉蘭，辛夷鬧得最喧嘩。人生若像迢迢長途，一路奔赴，有人、有地方以善、以美相待，值得珍惜，不可或忘。

稻粱熟，河溪流，繽紛的春天，滾滾熟溪河，真有深意呢！

卷四

奇觀勝水

整個夏日，林樾蔽空，藤蔓長垂，搖櫓船划過水波而來，水深處波平如鏡，水淺處芰荷紅碧。

錢塘潮奇觀，是天時、地利、
人和；山在、水在、陸地在、
太陽在……，這麼多的因緣的成就。

天下奇觀——錢塘潮

浙江的錢塘潮，自古以來就聞名天下，是中國的幾大奇觀之一。早在漢代就有記載，到了南宋，更是把每年農曆的八月十八日這一天定為觀潮的節日。這個歡喜驚叫的節日，一代代成了平淡生活中的盼望。

選好觀測地點

特別來到六和塔園，從這兒看到錢塘江口和錢塘潮。

錢塘江浩渺真如海口啊！人家說錢塘江是浙江的母親河，蜿蜿蜒蜒東流過浙江省，從杭州出海。

如果說天工造化西湖是秀美幽雅，那麼錢塘秋潮就是上帝的潑墨大作，壯美雄巍，永遠不知道下一幅的佈局。

平日裡，即使風和日麗，江口滔滔浪濤，有海的空闊萬里，又有江岸的伢曲嫵媚。尤其秋天涼風起，風送千堆雪浪，一道道一波波，驚心動魄，又瞠目結舌。

所以，不論什麼時候，都有許多人前來駐足引領。

我們早知道天下奇觀錢塘潮，不僅是用來說和聽的，更是天地偉大的演出，比張藝謀指導的《印象西湖》更要精彩和訝異。不過，要親眼看到大潮，要人和：揪團一起來看有共鳴；要地利：找到高處空曠的地方；還要天時：海上有浪、海風揚波。

第一次，和父親前來六和塔，站在一處樹蔭前，父親和一位當地居民聊著看潮水的事，沒想到不知何時，手拇指竟被一隻蜜蜂螫了一下，忍著疼痛的父親，由我陪他，等著地陪來帶我們去塗藥水。我問父親疼嗎？

他說不疼，不疼。妳去看六和塔，小心點。

現在，我們第二次來杭州，恰巧是中秋時候。怎的也要觀一觀這秋天的錢塘江。

浙江的錢塘潮，自古以來就聞名天下，是中國的幾大奇觀之一。早在漢代就有記載，到了南宋，更是把每年農曆的八月十八日這一天定為觀潮的節日。這個歡喜驚叫的節日，一代代成了平淡生活中的盼望，每年中秋節前後，沿著錢塘江海堤上就會擠滿了男女老小，萬頭鑽動，各個顛著腳，伸長脖子向東望去。

就在你望斷天涯，想要眨一下眼睛的時候，江天之間會先出現一條白線，然後有隆隆雷聲隱隱滾動而來。一會兒，潮近了，像無數條銀色的帶魚齊頭拼命急游；然後潮更近了，銀色帶魚漸漸變成三、四公尺的高水牆，豎立江面；卻又夾著震天動地的潮聲向前沖來，以千鈞之勢逼近觀潮的人。

豎立江面，
震天動地，
有千鈞之勢。

「嘩！」一聲巨響，潮頭崛撲向海堤上，掀起幾公尺高的水花，堤上人群一陣驚叫，紛紛向後倒退。

有時，潮水往西偏折一些，雖然氣勢力量看來有所減弱，但是衝上丁字壩頭時，似像突然醒來的雄獅一樣突然躍起，噴灑出滔天碎浪，接著猛地回頭，直向擠滿觀潮人的堤岸撲來。這個突然返身一撲，使得觀潮人連連逃躲閃避，閃躲不及的，有的打濕衣服、鞋襪，有的腳步稍一不穩則被潮水沖倒，旁觀的人有的急忙拉起他們，有的則淋了身子笑著彎了腰。

錢塘潮為什麼這樣壯觀？雖然民間有不少傳說，但真正的原因卻是因為這裡特殊的地理環境。

錢塘江外的杭州灣，外寬內窄，外深內淺，像是一個大漏斗。出海口處寬約一百公里，到海寧澉浦驟縮為二十公里，再到鹽官鎮只有三公里了。當海潮順著出海口沖近來的時候，由於江面迅速變狹，潮水大量積湧，又遇到水下巨大的沙壩，因而掀起了高聳的巨浪。潮水在深水中走的很快，像短跑，力道瞬間爆發；而在淺水中卻慢走如散步，使得後面的浪頭超越前面的浪頭；再加上農曆七、八月間，朔、望潮差大，種種條件的匯合，也形成世界罕見的秋潮奇觀。

這種種壯美雄奇，以海寧鹽官鎮潮頭最大，因而，錢塘潮也有人叫海寧潮。

所以，孟浩然來觀過海潮，李白來觀過海潮，劉禹錫、白居易都來過，留下了觀潮詩。

錢塘潮奇觀，是天時、地利、人和；山在、水在、陸地在、太陽在……，這麼多的因緣的成就，渺小的我能夠得觀這天地奇景，真是說不出的雀躍和感動啊！

西溪且留下——杭州西溪溼地

電影「非誠勿擾」的賣座，
片中的重要場景。

閏五月，陽光自無極的天空投來絲絲的熾熱，這是屬於陽光的季節，但是在西溪，陽光卻體貼溫柔了，柔柔和和的，普照著西溪的一草一木、一湖一塘。山村居民慣稱山溪為溪門，可以直達山的心坎；溪，原來就是山中水分最充足的地方。

留下我的人生

隨著小品電影「非誠勿擾」的賣座，片中的重要場景「西溪」，也成了熱門景點。我好欣賞片中那光頭醜醜男主角，他說：西溪，若我留下，留下的是我的人生。啊，那真的也是我想說的。

春陽照西溪

春陽照滿了西溪。

第一次聽到「西溪」這名詞，是徐志摩的的詩句：「我試一試蘆笛的新聲，在月下的秋雪庵前」。美麗的西湖在徐志摩眼底不過是一口滾熱的水塘，那麼被他讚美的西溪，不知能是何等光景？

相傳，宋高宗定都臨安時，本想要居住西溪此地，後來卻因為某些個原因，改居在鳳凰山，說了「西溪且留下」的一句話。

因為苕溪，又因為京杭大運河，使得西溪水渚密布。潤澤的空氣中，你可以閉眼想像：綠柳、紫桑、紅桃、粉梅……。

隨著小船，穿行西溪河道裡，真不想懶惰的以「鳥語花香」來概括形容，可是鳥兒成群的列陣翔飛，春天花叢長卷般的成行綻放。凝望的那一刻，腦中真不知要怎樣形容了，卻也不甘心不對她讚上一句。何況這西溪，人說還有十景可探尋哩！

西溪探梅

春天裡，西溪最宜探梅。

西溪探梅，一串串丹紅的荳蔻綴在秀勁的梅枝傲骨上，詩人說：「梅花貴含不貴開」，蓓蕾點點，是緋紅的繁星，

春陽照西溪，各種花開得美美的。

的確可愛，可賞；而半綻將開，參差錯落在脩柯老枝上時，更是如蓋張，如花雨，令你心動奔赴，而忘記年華。

雖說梅花最怕花朵全開，五瓣紛呈。一開花彷彿說春深了，但是滿園的香馥沁入心脾，陶醉啊！詩情畫意全記起來了：

疏影橫斜水清淺；暗香浮動月黃昏。
尋常一樣窗前月，才有梅花便不同。

深春賞梅要趁早，不過若真是梅花凋殘了，沁香拂散，同著初生的嫩綠青葉，還是有一種溫存和驚艷。幸運的是，我們就是春天來訪的，早春花開，行船由梅花樹下徐徐盪入，驚呼聲裡你可以想到我們所見到的美麗。昔人有遊西溪詩說：「我來值初春，言訪梅花窟，十里五里間，千堆萬堆雪。」粉白有香味的雪，你想想有多麼詩情畫意呢？

煙水漁庄

蘆葦叢聚河渚，梅花一枝兩枝、老枝細枝、橫著虬著、描著影子，噴著細香，太陽淡淡金粉撲灑，浪漫哪！

一流冷澗傾洩一片初戀的情緒，心裡甜蜜蜜地。

一群飛鳥在藍天裡閃爍，一樹一樹綽約在伸臂的溪河中挽紗，含著個性的細緻，梅花嫣然，柳樹手曳，離離疏影伴和成一幅幅世外桃源的圖畫。

所以，煙水漁庄附近的西溪人家，是我們羨慕的駐足暫息之地，白牆黛瓦的尋常門戶，掩映在樹蔭後，宜晴宜雨，綠滿窗前。不過這兒的人家不屬於任何人，只屬於當地政府，也可以說屬於每一個喜愛這兒的人，可以小歇小坐。

西溪且留下，留下天地的安詳。

魚庄裡的小店鋪，不買看看都歡喜。

船行也在「深譚口」河港下船，湯湯河口，古樟蔽蔭。石階碼頭，眾水匯流，無崖無礙，只任低拂的翠碧樟葉，在河心圈圈紋著漣漪。可以顛著理想的腳充滿熱情的來此，西溪勝處就在於流盪的溪水，苕溪等六條河流縱橫交匯。

有人說：水是西溪的靈魂，清澈如赤子靈魂的溪水，使得西溪始終有明淨的臉龐。

我相信。

溪柳拂岸　夏荷紅碧

陸放翁詩云：「春暖山中雪作堆，放翁艇子去尋梅，不需問訊道旁叟，但覓梅花多處來。」西溪人文，源遠流長，這樣一處世外桃源，怎不讓多情的文人為之傾倒？

秋雪庵、泊庵、西溪草堂、深譚口……尤其深譚口百年老樟樹下的古戲台，據說還是越劇北派的首演地。每年五月在此舉行龍舟勝會，也是另一種盛況。

所以儘管閏五月，陽光自無極的天空投來絲絲的熾熱，這是屬於陽光的季節，但是在西溪，陽光卻體貼溫柔了，柔柔和和的，普照著西溪的一草一木、一湖一塘。山村居民慣稱山溪為溪門，可以直達山的心坎；溪，原來就是山中水分最充足的地方，這樣美麗的路徑，可以看見各種花卉，聞到各種花香，山海棠、月桃、垂柳……以及各種因為有水，原來不屬於城市的魚蝦、螃蟹、青蛙等水屬類小動物。

整個夏日，林樾蔽空，藤蔓長垂，搖櫓船划過水波而來，水深處波平如鏡，水淺處芰荷紅碧。

「醉漾輕舟，信流引到花深處。」

水是西溪的靈魂，盪起一船的幽夢。

西溪的美麗終於又從文人詩詞中活現了。大地的美麗，像天上的明月，像晴空的飛鳥，像山野裡的蒹葭；文人的詩詞詠嘆，可以指出明月、飛鳥、蒹葭的所在，但文字卻不是明月、飛鳥、蒹葭永遠的保障！唯有寬闊、淨潔的寶愛，覺悟的有心，才會為美麗的大地帶來恆久的悅樂。

苕溪水潺潺流，但願來此洗滌的心，也如西溪般柳綠花明、反璞歸真，足以無私的建構大地的桃源之勝。

聽到驚喜發出的聲音

——黃浦江源第一漂

驚喜是世界上最棒的一件事。出乎意料，驚喜有聲音。一連串的驚喜譜成一首歌。互相追逐，彼此留影，各種驚喜的聲音，七彩繽紛，手舞足蹈。

黃浦江源　第一驚喜

世界博覽會，全世界的焦點，二〇一〇年在上海舉行，地點就在黃浦江沿岸，黃浦江，上海人視為她的母親河。

這黃浦江發源於浙江安吉，來到安吉的我們竟有機會來一看究竟，甚而可以坐著竹筏順源頭而下一段旅程。

坐在遊覽車上的我們，興奮的手舞足蹈，歡呼連連。這是二選一的行程，拉票聲不下選舉。衣服濕不怕。河水冷不怕。……不怕，不怕。

八點四十分我們就等待在鶴路溪村的村頭。

拿了票，領過來了雨褲。哇！驚叫的序幕揭開了。怎麼穿？七嘴八舌不說，就像幼幼班。這雨褲薄如紙，有人一打開就不小心弄破了，從屁股處直裂到褲腳。「裙子啦，就當成裙子」。其他正要穿上的，發現這褲子套腳包鞋，穿好一隻腳後要快速穿好另一隻，像套在一個大紙袋裡。怎麼走路上船呢？眺著走吧！大夥笑得東倒西歪，有人聰明得乾脆上竹筏再穿。哈，想像一下，套著大紙袋的腳，一動就晃的竹筏，開場就笑岔氣了。

經過穿雨褲的折騰，兩片竹筏一前一後滑入河道。

河水靜靜的，春日小河淌水，眾草浮沉，竹筏過處推開兩邊，形成水波。廣袤的蘆葦和白陽林夾岸，送來沁涼的水霧和晨風。黃浦江的源頭好溫柔。

竹筏漂流　五度五關

好棒啊！我很興奮。

「拜託你，小學生嗎？」唉！我的老公總是備妥了冷泉水。

「難得啊！一竹筏的好朋友。」

鄉野人家聲息，沙岸淺渚，陽光璀璨，透過竹林，篩出縷縷金光。

「哇，好平穩」。「像坐在冷泉裡。」

「我第一次坐漂流耶！「快招手，前一艘的人正在給我們拍照。」

話很多。竹筏上很熱鬧。歡喜，為甚麼不能說出呢？

河水流過村前，長竹筏只如浮漂水上的竹葉。難怪第一關叫「蜻蜓點水」。

漫漫的進入平坦開闊的早春河流，希哩嘩啦地，石塊、渦流、水花，河水漫上竹筏。然後，一群新夥伴加入了。聒聒鵝群，「撲通」「撲通」作響，閃著潔白的光澤，浮沉奔流，轉過一處蘆葦一兩隻上岸了；可是緊接著一群聒聒的跟隊者，聲勢更浩大。

小鵝群也像孩童，懂得呼朋引伴。

竹筏上的同伴笑開了：嬉游溪畔的小鵝竟然這麼有趣。可以想像這夏日裡水勢豐沛、魚蝦繁衍、水草豐美的熱鬧景象。黃嘴白身、家族浩繁的鵝群最識時務，此刻全部聚移到這河域來，密集隊形昂首快步。你可以很清楚的看清領隊的那一隻脖頸綠色，他一叫，群鴨一定一起呱呱呱，此起彼落。

第二關　乘風破浪

轉了一彎，眼前白楊和桑樹，周遭真是寂靜，以至偶爾傳來野地小雞和鷓鴣的鳴聲，都在河流中迴盪不已。

奔流在春日的藍天下，最富詩意。風來的時刻，我們更被掀起的波浪玩耍著鞋底。

過了沿河岸的一段。撐蒿船夫轉道到船頭方向了。

難道水勢要起變化了嗎？

由於我坐在竹筏上最後的位置，很接近撐篙的船夫。一般來說船夫站在船尾所以又稱「艄工」。我聽得他說：水波愈平緩，河底水愈深，可能有暗流漩渦；急流水淺，只要找到順勢的地方，穩住船身，不費力也不危險了。

我一面「喔，喔」的回應，一面感受河流的誘惑。

鞋襪盡濕，風起雲湧、波濤激盪，河風強勁，推順著的竹筏速度加快。

第三關　急流勇進

「這是第三關，急流勇進。」船夫平和的說。「我，老經驗了」。

好似有著坎坷不平的身世，一波方平一波又起，這河道，已經驚呼連連了。

擦著垂柳飛倏而過。

此刻，沿途都裝點在春日的芽綠裡。

穿過鶴路溪村的拱橋，另一條溪水加入，兩股巨流匯合，竹筏終至於委身在咆哮而急促的流勢中。

「雙腳高抬，身體微低，重心穩定。」水花漫上，刷的一聲波撒開來，好似目中無人，喧囂之極的狂妄，連撐蒿船夫都得退讓三分。

船家識水性，仍然一副氣定神閒。是隨波逐流，也是順勢而為，「身可由己」畢竟要有些定見和能力。

河域更寬廣，水流漸又平緩，漂流要告一段落，許多竹筏橫在一處灣道前。

船家一面導正竹筏，一面抑揚頓挫的說書般：

第一關　蜻蜓點水
第二關　乘風破浪
第三關　急流勇進
第四關　飛流直下
第五關　二龍戲筏　同舟共濟

竹筏並列，準備快樂出航。

流過湍急處。

人生風光　驚喜難忘

一條河流要如何才能淵遠流長？

這樣一條平凡的河流，確實哺育了世界上最繁華的大城市之一：上海。一定要加入很多的新元素新源流，在它一路前行成長的當下。

這真的也好像人生。每一人生都是一條河，不管源頭如何，都可貴在有源頭活水，源源滾滾，盈科後進。加入許多新元素，就能流得更廣袤更迢遞。

甚至還可以說：每一人生歷程也如行迢迢長河，一路奔走，直到入海。波平浪靜是一種風光，如溫婉的小詩，感覺欣悅和靜謐；怒潮襲捲也是一種風光，磅礴驚心，鼓動了挑戰和能力；

有智慧的人，深知兩者各具有動人之處和成就之處，不需偏執，也不需避躲，包容兼蓄，歡喜以待，人生風光才更流長寬廣。

至於船夫的沉穩、熟練，何嘗不是日日磨練和接受而來？有限的歲月，有限的流域，仍有許多豐美可以探索，仍有許多能力可以培養，以及許多事物可以奉獻，人人都可以做一名「操之在我」的撐蒿者，在歡喜的長河上航行，自利利人。

這一段黃浦江源頭第一漂，儘管只漂流了四十分鐘，但是其中快樂，確是深刻難忘。

走下竹筏，我們徒步走進小樹林。

隱隱的另一條小溪潺湲身旁，還開足了一朵朵紫藍的小花。百川匯流，原是這般躡足，不過，小溪歡喜的細語，我還是聽到了。還有同伴的驚喜的呼聲：真是美麗的河。我們都聽到了。

巖上的驚嘆

——建德懸空寺

整座建築繫拂於山腰上。

佛寺在垂直二百米高的絕崖石壁上，一半嵌入巖腹，一半凌架懸崖。時隱時顯的長廊，是山間惟有的通道。

整座建築只如一條細長的玉帶子，繫拂於山腰上。

懸空巖上　寺高廊長

這是浙江建德懸空寺。

站在山岩下的我，被氣勢震懾了。

高空中的恐懼之感，讓我猶豫不前。

即使有現代魔毯。坐上纜車，面前巍峨的山巖，腳下重疊的奇峰異石，淙淙的流泉飛瀑，以及握著先生緊按著的大手，仍然都讓我免除不了恐高的畏懼。幸好，穿行雲濤霧海的誘惑仍在，驅動了我，不至於半途折返。

說來也好笑，我幾乎是貼著山壁挪步，一步一步上山的，每一階梯，每一漏空，對我都是莫大的驚險和刺激。

循山溪而升的上山磴道，天地的開闊，山岩的厚實，一路逶迤的棧道、長廊，尤其每一山道轉彎處，一股有形的命運線，將人拋向山外的感覺，我，在在都刻骨銘心。

因夢發願　開山建寺

我不知道那位元朝臨安人莫子淵，如何開山建寺的？我一步一艱難，直感「足底懸崖恐欲崩」，他一木一板，難道是輕功飛點？我因歡喜美景而來，他因夢有託發願而來。

好不容易來到古剎大慈寺，主體建築地藏王菩薩大殿。前為深澗，後為峭壁，菩薩法相卻一派自在。每年農曆七月三十是地藏涅槃日，欣逢這天，大慈巖便會舉行地藏法會，通宵達旦，熱鬧的喧騰數日。信徒們都以登臨這大殿為榮耀為虔誠！小小的大殿能容下多少信徒的跪拜？聽說，信徒與信徒毫無距離，「貼心推腹」。

無論如何，菩薩千年在此啊！而我也是多少福氣和機緣才能來到這兒？且看微笑著等待在

因夢發願，開山建寺。

大殿外的先生和朋友，他們是以多大的耐心陪伴我啊！想到這兒，儘管，我腳下的木板因香客走過而有所震動，心情卻早已鎮定了不少，而且有種要落淚的幸福感。

過了正殿，來到在旁側的觀音殿前，先生去雲崖閣看羅漢彩塑像了。十八羅漢中，有的慈眉善目，有的怪誕猙獰，有的伸腳屈腿，有的打坐箕踞，有的倚杖持珠，有的揮拳操刀，有的唸唸有詞，有的閉目沉思。它們各具特色，活靈活現，表現了一群不同年齡、性格和經歷的佛門弟子皈依佛法。

金身雙面彌勒佛

隊上腳程快的夥伴們有人已在飛雲亭稍事歇歇腿腳。有人則前去崖頂的觀佛台。觀佛台上有一座金身雙面的彌勒佛。這彌勒佛也是讓浙江建德懸空寺不同於山西懸空寺的地方。

這座金身彌勒佛盤腿坐於高高的幾乎可以摘星的山頂，一面俯瞰紅塵，一面開悟朝山的信眾，笑臉呵呵。彌勒佛是未來佛，庇祐未來富貴，未來會更好。這未來會更好，可是全人類的共同心願，不管如何，臉上帶著微笑，永遠不喪失熱誠，這笑呵呵的臉孔，就讓人不禁也揚起嘴角了啊！

佛教在中國信眾甚多，再加上大慈岩懸空寺側殿，還有道家張天師殿，供奉張天師，捉妖去邪，作法安宅。民間信仰在此懸空寺上是一個縮形的大千世界。我再次想到地藏菩薩所說的：「地獄未空誓不成佛，眾生度盡方證菩提。」便覺得感動。菩薩為普度眾生，倒駕慈航，捨一己安樂。這般大愛，到底不是凡俗的我們能夠輕易做到。但是來此參拜之餘，讓我們能夠多培養知足和感恩，也積極把愛慈化為行動，在日日布施和遞送的同時，更體認了愛慈的無私和寬闊。

正殿布局有故事

關於懸空寺的正殿、側殿等的佈局，有一段故事。說：

幾千年前的一天，佛祖如來高坐蓮台，在西天佛國講經說法。講台下，坐滿了前來聽經的諸天菩薩、羅漢金剛，井然有序，鴉雀無聲，整個佛壇莊嚴肅穆。可當如來正講到玄妙之處時，忽然聽見講壇下，嘰嘰喳喳議論不休聲，抬起慧眼一看，原來說話的正是主管萬物生靈的地藏王和慈航普渡的觀世音。

如來心裡一沉：你們兩位，千年功德不算淺了，怎麼今天竟破壞了佛壇規矩呢？於是呵斥了一聲。

地藏和觀音知曉自己犯了戒規，連忙靜下聲來，潛心聽講。

如來講完經法後，喚兩位到座前，詢問他們剛才議論何事？

地藏和觀音不敢隱瞞，回答說，他們在來西天聽經途中，路過東南方一座名山，見得山上靈石巍峨，芳花馥郁，山澗流水潺湲。兩人都想到那裡去廣施慈悲，普渡眾生，不覺爭論了起來。

如來說：「這等好事，何須爭論，你們可以一同前往，哪個先到就由哪個主持，永享香火。」

地藏和觀音聽如來這麼一說，不再爭論，立刻拜別如來。

觀音駕起五色祥雲從天上去。而地藏善於土遁，便隱入土中從地下去。

他們一個天上，一個地下，拚命往前趕路，都想早到一步到達那塊名山寶地。按說觀音從天上行，障礙無多，應該先行到達。可是當她即將落下祥雲之時，卻發現山腳有戶窮苦人家，母親得了重病，兒子變賣了所有家當也沒能將母親的病治好。虔誠向天朝拜，以自己的命換得母親福壽，希望神靈成全。觀音大發慈悲，隨腳踢了一片蓮花瓣，落下之處頓時化作一片廣闊的蓮地，兒子知道這就是神的恩賜，便用蓮瓣熬湯讓母親服下，果真母親病好康復了。

地藏菩薩是在釋迦牟尼既滅之後，彌勒未生之前，中間相隔五十七億六百萬年，眾生賴以救苦的大悲菩薩。地藏王誓必度盡六道眾生，始願成佛。這時，地藏正從地下鑽出頭來，震動了整座山，雖未露出全身，但是地藏已擺正上身，算是比觀音先到一步了。所以在大慈巖，地藏坐正殿，而觀音卻座落在正殿外，並且細心的人們，可以發現地藏王僅半身，而觀音，她的蓮花寶座上更缺少了一片蓮瓣。

大慈巖也正因為這兩位大慈大悲的菩薩而得名，並從此聞名天下，顯靈一方。

所以民間盛傳：大慈巖供奉地藏王菩薩，而觀音菩薩則端立蓮花寶座，立於絕壁之上。這種供奉在我國佛教寺廟中是絕無僅有的。不知道是先有這言之鑿鑿的民間盛傳？還是因為大慈巖的佛殿如此，才後有這個民間流傳？

這個故事很有趣。

長谷溪流　浩浩湯湯

否極泰來，美好的遠景玉華湖，汪汪白水從湖中流出，穿過大慈岩一隅流下，水勢豐沛，白嘩嘩的噴迸，

金身彌勒佛，盤腿坐於幾乎可以摘星的山頂。

大慈岩一隅，仔細瞧瞧像什麼？

再流下一段懸岩後，奔騰、直瀉成為白絹瀑布，因巨大石塊、叢樹夾岸，而成滾滾溪流，因滲浸於亂石叢中成泉水洄瀾，隱於山巖後只聽得泠泠水聲了，但是再頑皮現身時，又是或大或小，或急或緩，曲曲折折，直至山腳，形成一條八百多米長的「長谷溪流」。和煦的春陽照耀下，春花燦爛，春水浮瀁，春樹柔軟的嫩葉崢嶸，像絲縷那樣把天地織在一起。

沿著溪流、瀑布、濃蔭，下得大慈巖來。半山腰上的寺廟、道觀，小燕子在空闊的穹蒼靈苑中滑翔。

我，一再回首。

啊！那巖上的驚嘆呀！

臥躺入洞　雙龍玉壺

——金華雙龍景區

金華雙龍景區，洞中有瀑布，瀑布後又有洞。

躺臥入洞，岩壁似乎低貼著臉龐。由於行前做足了功課，我屏氣的感受那種貼近的感覺，有些潮濕而冰涼，想要撫觸又有些畏怕。

天洞洞口放置一艘艘小船。繩子將小船栓在洞口前。像一片褐綠的葉子，靜待漂浮。

船，近來了，上有四片底板，沒有槳，也沒座椅。

「四個人。身體躺平，別抬頭，搖著。」一上船，走在前面的隊友，被吆喝得慌張、不安的亂亂躺下，後頭的有樣學樣，船一來，速速的拉著衣服就蜷曲下來。隊上兩個突肚虎背的大男人，一個人才剛上船，小船就顛得東搖西晃。「來，來，兩個胖哥一船。」躺臥尚未入洞，各種奇怪臥姿，已經引來岸上、船上一致的笑聲，工作人員的呼喝，更頓時讓大家笑翻了。

躺臥入洞，岩壁似乎低貼著臉龐。由於行前做足了功課，我屏氣的感受那種貼近的感覺，有些潮濕而冰涼，想要撫觸又有些畏怕。我也記得有位網友說：像是溯流而重回母親子宮內。可惜，行船的時間太短了，我還沒能再細心多體會，小船就已經溯過一段地下河到達天洞內的地面。

要下船了。

當然，起身、下船，有人四肢並用，又是一陣好笑。

啊！大家都返老還童了呀。

只是，如果真能從人的中年再回頭重新來一遍，那麼，人生的心態和際遇會不會變得更有意思或豁達一些？

由於乍然進入較暗的地下，詭譎神秘，不知置身何處的感覺格外強烈，也許，真像是重回生命來源處吧！幸好我一會兒就想起廣告語的說詞：洞中有洞，洞中有河，河中有瀑。那是我好奇的所在。

其實，這雙龍洞，簡單的說：就是一處偌大的鐘乳石洞，浙江千島湖附近的瑤琳仙境，蘭溪市郊的地下長河，也類似如此。然而這兒沒有任何階梯可以通達，窄狹得只容一橫臥身軀的小船入洞口，所以「臥躺入洞」，是遊這雙龍勝景的一絕。

洞頂及地面有凸出或垂下的鐘乳石，縱橫交錯、側垂懸掛。仙人博弈、仙人用水，仙境華蓋……，帶著想像，說啥像啥。

因為地質奇趣，正適合探險神秘。尤其一道地下河，水流平緩似靜止，冰冷似雪溶。然而水深嗎？我這樣不經意的提問時，地陪緊張得叫我立刻離開河岸。我揣測著護欄不高應該不深，暗微裡似乎能看到一點璀璨的晶瑩反光。

不過，只是這樣想想而已。對著陌生的地陪，實在有一點點歉意。從景區大門進入，有歷代與金華有緣的作家碑文，我雖愛寫作，但卻沒有大師的才氣，我不善生計，不會蒔花廚藝，不精明，動作又慢，哀，我已經有很多事不會做了，所以，我怎能再失去想像和欣賞能力？

我想像著這一整個洞穴裡的鐘乳石，來自地心而不染纖塵的東西，同時又堅實而潤滑的東西，儘管我已造訪過幾處的類似洞穴，回憶，也還是高興了好久。

幸好，燈暈的覆蓋下，轉上了另一處高點。地上更加水滑濘濕，空中有風咆哮。

「冰壺洞」到了。

仙瀑懸境，冰壺觀瀑，一瀑垂空，洞中冰雪飛下，垂直落差達約30米，全在洞內天然瀑布。真的是「洞中有洞，洞中有河，河中有瀑。」地陪說這是全中國最大的溶洞瀑布，我一向不太相信什麼第一第二的說詞，我比較相信感動，聽著聽著，我聯想到雲南的九鄉溶洞。

冰壺洞裡的瀑布聲震耳，高瀑水源如同一條垂直的河，奔瀉而下，澎湃而下；也像一個修練老道，頂著一頭千丈白髮，正在呼呼運氣練功，攪得整個洞穴全是激動的聲音，冷雨冷霧。

也許由於洞穴擴大音量的效果，嘩嘩水聲掌控了一切。我和朋友只能用眼神和手勢彼此提醒著路滑、謹慎。

無聲勝有聲。

根據資料：雙龍玉壺風景位於浙江省中心城市金華城北約八公里的金華山。一六三六年徐霞客遊歷考察了金華雙龍三洞，寫下五千餘字的遊記，占《徐霞客遊記》一半左右的篇幅。

一九五七年名作家葉聖陶遊覽了這金華雙龍，寫下了著名的遊記：〈記金華的雙龍洞〉。

一九六四年五月，作家郭沫若也遊覽了這雙龍、冰壺二洞，為「冰壺洞」題洞名，又併題七言律詩一首。

當然，還有其他作家來此。文化人手下的遊記是如此驚艷，一個溶洞就能寫得磅礡大器。

終於繞到冰壺洞的出口了，趕緊脫下了便利雨衣，洞裡瀑布的滂沱真如夏日驟雨。直到見到天空，一片淺藍天光，春雨似乎早已收起雲腳。

雨後，四山幅射著一片幽光，在密林上方，在繁茂的一樹白玉蘭花的上方，被雲裳輕裹的太陽正灑落一片清輝，使群山群樹的輪廓顯得分明，把我們的身影清晰得投映在水潤潤的園徑上。

下山的路景很平常，不過卻沒有人計較，因為我們早已將煩惱、計較放在辦公室裡，只將腳印輕輕鬆鬆印在大自然一幅幅的畫裡。

洞外岩壁嶙峋，有天洞二字。不是老天，還真弄不出這麼個神奇的天洞。

一道道小瀑布陪伴著我們一路下山，幾朵遲遲轉紅的紫紅杜鵑，路途總要比逆旅更為多采；雨霽後，大地也和暖，這一切，都使人步入清明恬靜的境界。

我仍想起網友說的感受，我跟先生說：我們好像應該走回頭路，再一次躺臥小舟，從這偌大橢圓的像母親子宮的洞穴順水出去，感受初生那般。

「你心裡想著的，可要多過你真正再一次去坐船吧。」

他停下腳，等著我。

我握一握先生的手，知道了。

路面還很濕，春雨剛過不久呢！

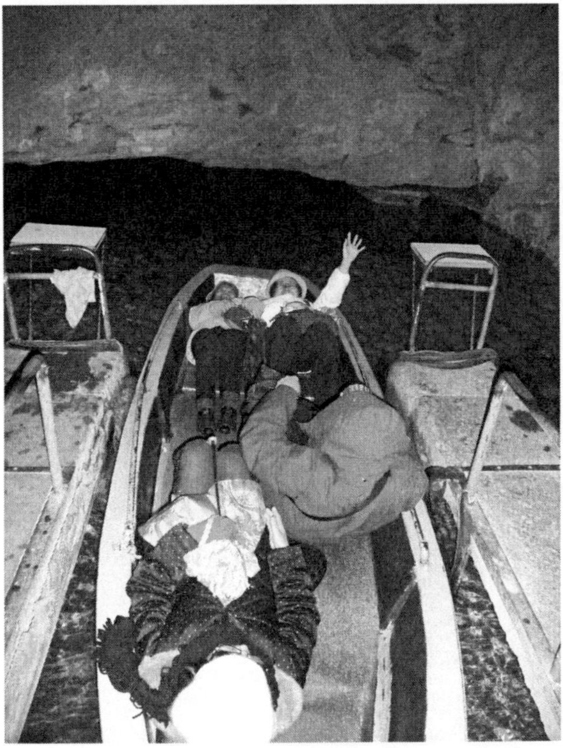

躺臥入洞，岩壁似乎低貼著臉龐。這是唯一的入口。

一整山的竹，真有海的氣勢。

竹之海

——安吉竹博園

人生在回顧的時刻，常覺得一生怎是這樣短暫，我們留下的，也許只是一個記憶，一首歌，甚至只是一種心情。

站在竹海之前，看著陽光底下翠綠的莖與葉，一整山的竹，真有海的氣勢。台灣也有很多產竹的地方，竹山、溪頭……，尤其溪頭的孟宗竹林最為膾炙人口。所以，這是個我們熟悉的風景。

與台灣溪頭有著相同之美的安吉竹海，位於安吉縣城南，一山的竹林，拔地而起的擎天之姿，全是青蔥翠碧。不同的是：安吉竹博園的覆蓋範圍可以漫過一個又一個山頭，數大就是美，竹林將大地織成一片迷濛，像極了我們再也走不回去的浪漫青春。

由於拜李安執導「臥虎藏龍」一劇，劇中男女主角在竹林葉梢上輕功飛點、追逐、示愛，場景之美使得旅遊裡也不知不覺得多了觀竹行程，尤其，安吉竹海又真的是片中的場景之一。

出來旅行，新奇的景象，拓展我們的見聞；驚險刺激的景象，疏解內心的壓力；熟悉的景色，體會「慢活生活」的悠然。竹林是美麗的、清幽的，是我們熟悉的景色，所以，我們，更可以慢慢的閒步，沿著林間石級盤旋往山頂走。

四周涼蔭，修建齊整的石階讓我們可以恣意的俯仰，中國人向來是較於喜歡竹的，不只善用竹葉包粽子，利用莖桿蓋房子、做家具、造橋梁，更懂得欣賞軒昂的綠竹，常以竹為師，因竹中空有節，而自惕一個堂堂正正的人，應該俊逸挺拔，懂得謙遜堅貞。

我們是老夫老妻，早已沒有談說情愛的激越，看著來此竹林的年輕孩子，情濃意烈，不禁會心一笑。我們一路走一路談著年少時就認識的老朋友，心裡充滿著對他們的欣賞和思念。人生在回顧的時刻，常覺得一生怎是這樣短暫，我們留下的，也許只是一個記憶，一首歌，甚至只是一種心情。

走著走著，景觀台在前了，隊上朋友從樓頂上向我們揮著帽子。

景觀台好像有五層樓高。

「可以慢慢走上去嗎？」我點點頭。「不要太逞強耶！」

不上觀景台，似乎不夠完美，景觀台居高，可以振衣千仞崗。

我堅持要慢慢走上去，這可能跟我的信念有關：每個人都可以憑藉我們的努力為自己繪出美麗的遠景，都可以量力的去追求我們所嚮往的一切。

一千多畝的竹林盡在眼前，尤其安吉地方七山二水一分田，聽說：這山

水上滾滾球，很好玩！

林中，匯聚了三百八十九種的竹子。我笑著跟朋友說我只知道葫蘆竹、方竹、孟宗竹，我只知道我很喜歡竹，是竹的朋友就夠了，其它留給植物學家去忙碌吧！閒來背幾句竹的詩文：

「竹樹繞吾廬，清深趣有餘。」「朗詠竹窗靜，野情花逕深。」多麼幽雅的詩情。

說來竹博園的面積很大，園內有山峰、溪澗又有池塘，為了充分利用山林之美，我們看到山間有刺激的滑竿運動、溜索運動、水上滾圓球……，年輕人如風鈴般的笑聲、叫嚷聲，格外富有朝氣。我們站立觀看又羨慕又好笑。

竹林中滑竿，刺激又安全。

住宿的地方有西方歐洲的感覺。

香溢渡假村
——安吉縣靈峰景區

有些夢——學超人那樣飛翔，到別的星球上去——往往難圓；可是，有的時候，人們的夢想是又小又容易辦得到的，早就注定會成真的了。

睡在雲霧仙境的夢，是這樣容易圓成。因為來到安吉香溢。

霧為珮裳　霞為巾

如是霧淞的冰霰迷濛了整個河面，益發察覺空氣中凝聚的那分清醃。這是春天的早晨，一切溫煦、向榮，可是，竟有這樣冰晶的霧霰！

甚麼是霧霰呢？我要怎麼形容呢？

如同霧的縹緲，如同冰的清瀅。霧，多情和頑皮，緩緩地在林木和河面之間飄移，漫過每一株樹的身影，每一朵花的臉龐，也低伏路徑旁的小石子；但是霧，捉摸不定的，你想用雙手擁抱她，她早已飄閃遠去了，好像你喜歡月亮，卻不能掃起月光，是一樣的有些惱怨。

然而霧霰，薄如輕紗，也喜歡飄遙，可是整個路徑上、木橋上，她具具實實的就停駐著，比晶瑩的露珠還細小，比裙裾的輕柔還綺麗，整個大園子裡美得好似夢幻。

回味昨晚就睡在這樣的輕涼裡、夢境裡，睡得好沉。香溢園區因為在靈峰景區的山腳下，西苔溪支流的河邊，水氣足，夜裡和清晨，氣溫驟降低冷，水霧便結成微冰，隔著落地大玻璃窗，驚訝著好多星光般的小冰點綻著一點點光，就貼在窗戶上。

彷彿回到那充滿單純、喜悅的孩童心境，很容易滿足和歡喜。我聽到院子裡有人散步聲，好像還有人說小星星下凡。

是心中那閃爍喜悅叫人感動的夢。身心頓淨，立刻能被美麗包圍。

難怪一夜好夢，尚未天明就精神抖擻的醒來，推門而出，投身一片迷濛、可愛裡，霧為珮裳霰為巾，以為自己走在仙境中。

木棧橋　凌水而起

梅花、櫻花還在那兒閃動，小竹林叢在木棧長道旁，透過竹林，河面上的迷離水霧，飛濺水流，格外如水墨淡彩。而長長的木棧道又連著一道木棧橋貼著水面而迢遞遠去，可以到達隔岸的山腳。

霧淞的冰霰迷濛了整個河面，仙界清晨。

霧氣氤氳裡，橋身若隱若顯，我和鳳珠兩個人在橋邊眺望著。啊！那座長橋真誘惑著我們。

上橋吧！慢慢走就好。扶著橋欄，踩著厚木板，聽著泠泠水響，感覺凌波水面的滋味，真是很特別。我們慢慢的走，腳下鞋子的溫度，讓橋板上的冰霰有些溶化，於是就變成很像走吊橋了。趁著還很勇敢的時候，快快拍了一張照片。雖然逆光欸！仍然覺得美極了。

這樣的好景，我們這團江湖老人怎會錯過？秋菊直說好漂亮。

輕聲的招呼，躡足的跫音，歡喜的甩手。慢活哲學的美妙，諧和著大地的律動，叫人感覺著幸福。陽光升起來了，氣象頓時

景區處處被美麗包圍。

恢宏起來，近處河岸仍有些灰藍，而遠處的山頭已見亮白。這時，整條河的倒影和漣漪都仙活靈動了。

晨曦裡，有個人影，划著竹筏自遠處而來，啊！清理河溪的人已經起來工作了。

繞回園區裡。先生說：不要走得太遠，園子裡也好看。

我發現園子裡、住宿區前的大荷塘邊，種了不少柳樹。這樣的春晨中，柳葉上落滿霧霰。

柳樹春天看青芽，夏天看綠蔭，晨昏看倒影，任何時刻看楊柳都有情趣，但是這樣沾滿點點霧霰的楊柳，白中透綠，而陽光昇起，氣溫回暖時，流動的綠透出來，滴滴飄垂。我看過很多柳樹，卻是一次看到這種美麗。

我停住下來，驚嘆的看著，感覺好奇特，也是浙江遊旅行中的難忘一幕。

由於時間還充裕，我不想到更遠的地方，所以繞著園子慢慢走，慢慢呼吸濕甜的空氣，全然的放鬆。這也是一種旅行方式啊。

有人說：美感的產生，來源於從對象身上看到自己的感情和生活，感性的直覺中溶化著理性的思考。

「晚上，受不了的冷冰和氣溫。」

阿標和小曹的聲音自木棧橋上傳來。他們定是昨晚忍不住出來拍夜景而飽嘗夜寒滋味。

自這園中望出，天地仍是茫茫濛濛，猜想著昨兒夜晚，雲霧縹緲的自然景觀，雖是十分令人神往，但是攝氏2度下，也有些猶疑。

此刻，陽光高昇，河水表面上看起來是靜靜的，只冒著白色寒煙，什麼都沒有，其實，在那凜冽凍寒的河水之下，游魚依舊是游魚，許多的生命在冰寒中仍然躍動著，在冰寒中仍然孕育成長著。或許，牠們現在已開始一場不被人們發現的生命嘉年華會，他們正享受著春天所賜予的恩澤，律動於牠們的大千世界，融洽和諧、天人一體。

又有一篋清河的竹筏自遠而來，我彷彿在夢中，任一艘滿載詩情的畫船，引我航向另一個不知名的地方。

安吉香溢，霧霰的雪冰，留下我永遠的美麗和共鳴。

木棧橋凌水而起，好像走在水上。

雪花瀑布的源頭：銀花燦爛。

雪花飛瀑
——景寧大漈

天空清麗如洗，瀑布前真的飄起雪花，起初是稀稀落落的，像輕盈的芒花飛舞，而後又像棉絮醉落，最後綿綿密密的迸裂於空中，亂得迷人，亂得可愛。由於倚靠巨石上隔著一川空朗，半空的雪花，確實有一種朦朧之美和難以掩飾的興奮。

西二小村　護關在前

「生命之美不在目的，而在歷程。」這句話用來寫照我們一路前往「雪花飛瀑」的情景，真是再恰當不過的了。

如果再引深一點人生哲理的話，就是告訴我：為一個崇高理想全力以赴，原是件神聖的事；但千萬不可忽略了生命的內涵，包含了別的意義。

「雪花漈——雪花飛瀑」在景寧大漈鄉。從泰順到景寧，車行要約兩小時。彎彎曲曲，彷彿逛九十九曲彎一般，終於來到景寧。稍事休息，再從景寧還要往大漈，車子開到省道的盡頭，停住。

景寧縣大漈鄉西二村。村口是一塊大空地和幾家小雜貨店。

到了。到了。

雪花瀑布位於村落最後，叢山谷裡。時思寺也位於西二村內海拔一千多米的白象山上，也要先穿過小村。

小村很純樸，村民憨厚可愛，我下車時，正巧有一婦人端著飯碗在村口，一面逛一面吃。我很好奇，探了探她的碗內。

「年糕」她說。

「歐，你吃早還是午？」

「好吃！肚子餓了，起早我先幹活去。你哪來？」

「台灣。」

「好遠！你們台灣也吃年糕吧？」

「吃！寧波年糕，台灣年糕。」

「我來家去盛一碗給你啵。」

我當然是趕快謝謝。因為我好想嚐嚐那地道的在地食物，我恐怕我會很天真的毫不客氣的說：好，好。

路旁樹根像牡丹花，不然像菊花。

還有幸好鳳珠叫我：快來，快來。她又發現一處告示：任意破壞林木者，重罰。汙染水源者，逐出村落……

異口同聲，我們說：這村裡可有好看的。

可能由於早春，春寒料峭，上了年紀的都提著個小火籠。先生想起童年住校，夜讀時候帶小火爐的趣事，便立刻湊上一個攜了火籠的老大爺，借了來玩，又暖手又撥炭。同團的人起鬨道：買一個。買一個。你老公，哇，喜歡的咧！

借著一個火籠，老公和老大爺一起逛著，低咕說著我不懂的話語，但是看上去挺熱絡的就像兄弟般，他們一起去看胡橋橋邊的老樹根，又去看大眾橋、護關橋。

「護關一方嘛！護關橋早有的。好幾代囉！一樓安關帝，二樓安文昌君，三樓安魁星。」

「出遠門，不過這橋的也會來拜上一拜。」

地方景點的內涵由地方上的老大爺來說明，那種味道就完全不同了，很純厚的感覺。

由於還要往其他景點，再向山裡去，老公把小火爐還給老大爺，但是又把玩了一會兒。

「丟幾個長生果（花生），一面烤手一面等它爆香……」

唉喲！話說不完了？

我不等他們逕自拍照去了。

四海為兄弟，誰為他鄉人？不只如此，我看哪，老公若能住上個兩三天，對這裡怕要難忘也難了。

時思寺

路上的辛夷花已經盛開了。過西二小村，過胡橋、護關橋，又過柳杉樹王，我們來到一座寺廟前。

原來要去到雪花瀑布的半途中，穿過了小村，有一座久聞其名的「時思寺」。而這裏，不知不覺已經位於西二村內一千多米的白象山上了。

時思寺，山門簡樸，寺內靜極。

兩棵宋代時栽種的古柏，守在一入門的小前院，樹幹遒勁，都要雙人張臂才能丈量，枝柯展前，有些像龍的麟翼。我不知道為什麼很多古樹看來都像龍的感覺。而這山門的確很特殊，彷彿是說一進這門就要清寂、放下。

真的沒有任何香案供奉，大殿面闊三間，進深二間，重簷歇山頂，很莊嚴的建築，連同團的朋友都不忍多話了。大家放輕了腳步，噤聲細看大殿的基礎石砌、樑柱，每一建材都厚重粗實，雕工精緻，的確應該是宋代建築。

說來中國的建築藝術發達很早，唐代已有完整的獨立工程技術體系。宋代則有具體的制度和規範，距今七、八百年前的宋徽宗皇帝曾命令他的一位臣僕李誡，將歷代零星的建築文書編成一部「營造法式」，用做政府官方興建宮殿和官府的藍本，而民房的建造也齊頭並進了。

由於寺中的整個面積很寬廣，卻沒有雜蕪繁冗的其他建築，所以，大殿的楹柱間便很疏朗，更由於大殿的地勢較高，可以直接看到對面秀逸的山嶺和山腳低平的田疇。清淨的堂奧，培育著清淨的心靈；清淨的心高潔出塵，如同蓮花亭亭不染於汙泥，因而韜光養晦而節義於心。

其實這整座大寺院，純為清修之地，不為觀光或信眾進香，更沒有香火大灶。簡淨得就像一面鏡子，映照著居住其中的子孫，也簡淨了我們這一路看盡繁華的觀光心態。

真真是好安靜呢！所以突然的一陣密微的春雨，竟然能聽得到滴落簷前的聲音。這樣的環境，能夠真切的映現自性的光明，在這裡修身、在這裡讀書，怎能不踏實誠懇？

說來面對簡淨的態度，常會決定了自己是一個怎樣的人，或決定了面對一個怎樣的抉擇：凡俗或高超；平庸或傑出？有的人太在意個人生活的豐富，或誤以為清簡是不得志；追求熱鬧和酬酢，生活中因而欠缺省思和提升，以至人云亦云，一個人才反而被世俗的浪潮給捲沒了。

時思寺原為一座家祠，建於宋朝紹興十年（一一四〇），根據梅氏宗譜說：梅氏中有一個六歲幼童，能守祖墓，家祠中三年不離。宋高宗聞報，旌表其人為「孝童」，所住的庭院為「時思院」。明朝洪武年間，宰相劉伯溫書額「時思道場」，直到宣德年間改為「時思寺」。

的確，這整個時思寺的起源和存續，都和梅氏宗族有著密切的淵緣關係，注重孝道、重德行，因而子孫賢孝，耕讀詩禮。清簡敬孝，所以愛物慈憫；清簡重德，所以無欲正

路上第二景：時思寺。

直，以這樣的心來看待眾生，努力事業，成就的功德更無可限量了，因而進入這大漈村裡的路上便處處可見皇帝詔賜梅氏的「節孝」匾額，以及舉人梅冬魁的進士旗杆。

然而家祠和道場怎麼會有關聯？古早的中國，家祠不止是祭祀祖先，還可能供奉有佛祖、孔子、道家人物以及一切能令子孫見賢思齊的人。同時在大殿前方的右側有一座鐘樓，保存潔淨，綠樹盎然，春雨中釉亮得彷彿有微暈，建築年久卻也有新氣象；就從鐘樓旁的一條小徑，可以來到時思寺的道觀部分，其中就有三清殿和養蠶織布的馬仙宮。

寺內林木蔥蘢，古柏、羅漢松、杉木……林立；寺前象山、獅山環抱，沐鶴溪潺湲流過，有幽邃的意境，也充滿文化的內涵。

美好，如凌晨在草尖上閃爍的露珠。我想我的友伴也定有同感吧！

雪花飛瀑

從寺前土路直往山裡走。走到盡頭又生出有許多小岔路，分別引領到不同的景區去。

我們只要到雪花瀑布。

時思寺前的沐鶴溪，自北向南，汩汩流淌至不遠處直瀉深谷，形成百仞飛瀑，飛瀑竄下，水花激至石岩，散成百花碎珠。所以稱為「雪花漈」，我們就是要到那兒。

該走哪一條呢？

這時候，我們遇上很多大陸本地人。

「『涼亭』對著的小路，就是往瀑布去。」用著普通話，他們很親切的指點著我們。老天，路很難走，一路下滑，土與石塊混著的原始滋味的山路。

原來，踏循窄仄的石階而下，是觀瀑人的第一張入門票。

當一匹白練自高處傾瀉下來，招來無數欽羡的眼光。「瀑布哪！」高處的衝擊、氣勢，歷練後的生命更形澄明圓融，展現赤子之心。瀑布，成自於水，復歸於水，如同人一般，最後也走向了生命原始的來處，交給繼起的人活活潑潑前來。

水花纖細飛散，天地文章，到處絢爛。

我特別挑選瀑布前的一塊巨石上坐下，整個瀑布全然入景，水花噴面而來。天空清麗如洗，瀑布前真的飄起雪花，起初是稀稀落落的，像輕盈的芒花飛舞，而後又像棉絮醉落，最後綿綿密密的迸裂於空中，亂得迷人，亂得可愛。由於倚靠巨石上隔著一川空朗，半空的雪花，確實有一種朦朧之美和難以掩飾的興奮。朋友們忙著選景拍照，留影存證，要盡將眼底所見美麗風光收納在記憶卡裡，與高采烈的么喝聲，和著水流的嘩然作響，十分有趣。

天空清麗如洗，瀑布綿綿密密的迸裂於空中。

陽光把部分頂端處的水花給映照成淺綠甚或淡彩的一片，看著他和水的嬉戲，也逗引著人們笑聲不歇和追逐聲不歇。萬物都重情感吧，所以人間才有情味？

瀑布，經過一段沖激、傾瀉，終於形成一汪潭水，靜靜緩緩下來，流向叢石聚林間遠去。就在潭邊，它迴流逡巡著，是要傳送給我們什麼不可解的訊息嗎？難道說它們也有不捨的掛念？水紋漪漪，優美的旋律，已經迴盪我們心底，讓我們塵勞盡褪。

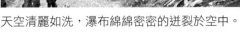

瀑布邊的時光匆匆流逝，都是因為歡樂的時刻常不能久留；我們就要集合、離開了，留下的仍是荊棘、灌木、流風、澗石和瀑布的長嘯，我們覺得心靈滿盈，卻又什麼都不能帶走。

結尾大戲　任君想像

帶著繽紛的夢，踏循原石階回到原點「涼亭」，路途卻更艱難。下溪谷時，還可以抓住樹根藤草、用屁股溜下；上溪谷，可要抓緊樹根，全身用力攀提雙腿，真是氣喘吁吁。原來，這第二張出門票，是用力的全身。沒有任何捷徑，爬累了，爬坐在靠岩壁的草根堆上，只見對山懸崖峭壁，峰層直指，茂林深黝。

難怪，老公和一些遊客，只坐在涼亭等。

好高興的終於走上了平路，抬頭看到了涼亭。

可是說好等在亭子裡的老公，不見了。

鐵定是因為我逗留在瀑布下的時間太久，爬山路的速度又像河馬一樣慢吞吞，沒耐性的他回車上去做白日夢了。

我一向獨立，看看手表：離集合的最後時間還早，而且我的後面真的還有很多隊友，他們有的還在拍照。我走過亭子昂然的向大路走，山風溫涼，樹枝搖拂，我越走越覺得開闊，而且看見路面鋪建得越平坦。

我順著路中走，一會兒遙看著山谷，一會兒又仰望隔岸的山崖。

走著走著，我感到奇怪了，我先前有走這麼久嗎？我記得我先前走的路是黃泥土路，只有一小段的水泥路啊？而且路邊真的沒有那種絕險深谷？

糟了，我迷路了。會不會有隊友發現我走錯了？我停了下來。

路上一個行人也沒有，更沒有半個其他觀光客。

怎麼辦？怎麼辦？

我有些緊張了。

怎麼辦？

冷靜了一會兒，我決定回頭，走回涼亭，等待搜尋者出現。

「涼亭」又到了。鳳珠大力氣喘的站在涼亭前，我好高興的大叫。

哪知，你聽鳳珠怎說？

「我迷路了。」「剛才從亭子往右一拐，越走石階越陡，直走，走走走到懸崖邊，還有鐵鍊耶！」

「後來呢？」我忘了自己迷路的事。

「我想糟糕迷路了。結果遇到和我們一起觀瀑的那四個年輕人，他們說：你們那一隊往左去了。你要不要跟我們到另一個景區？一起去看看。對了，你老公有看到我耶！」

「在哪？」

「你老公，我拐錯彎他也不叫住我。」

「什麼，你看見我老公了。我叫他在涼亭等我，結果不見他人，我也迷路了。」

當然，我們是最後上車的兩個。氣嘟嘟，直嚷著：我們早就回來了，都是被害的……

接下來會如何？

讓你大大去想像一下吧！

卷五

美食桃源

帶著幸福的心情，享受當下的食物，憶追著這食物的遙遙遠遠的來由，什麼食物不可口呢？

西湖醋魚

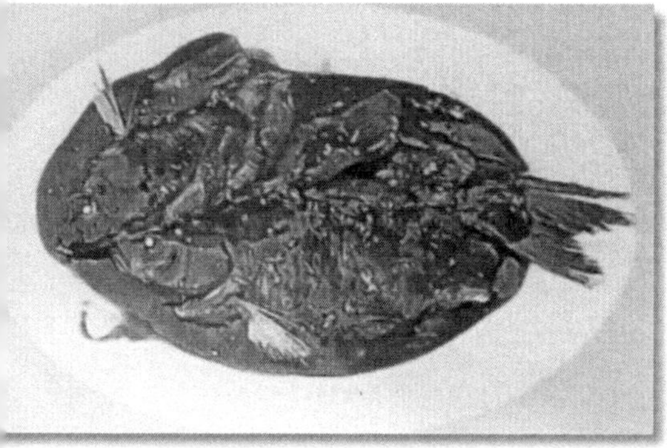

西湖醋魚，色香味形皆美。

魚身完整，魚肉外翻，成鮮活狀，光澤銀白，色、香、味、形，都很得宜誘人；尤其旅途勞累，酸香魚肉魚汁拌飯下酒，真是疲累盡去，所以這道菜，很快就擄獲食客的胃，都對師傅的技藝，讚賞不已。

色、香、味、形　美味盡在

坐在餐廳二樓用午餐。

大家等著「西湖醋魚」上桌。

這家樓外樓餐廳，店名「樓外樓」，是一家江南名菜的老店，樓高兩層，風格古雅，氣勢非凡。

樓外樓有各種杭州名菜，但是「西湖醋魚」，我偷瞄了好幾眼，幾乎每桌必點，是最受歡迎的菜餚之一。由於來到杭州西湖的遊客都將品嘗西湖醋魚納入旅遊樂事裡，所以樓外樓自然是人聲鼎沸，食客滿盈。

菜館裡的廚房工作人員，幾乎沒有停歇的撈起一尾尾正吐沙去泥、活蹦亂跳的河魚，交給師傅。師傅先活殺洗淨，在魚身上剞上花刀，放入大鍋滾水中汆數下，除去渣垢，再放入沸水快速煮至九成熟，接著放入醬油、糖、鹽、紹興酒、薑末等調味，取出放在盤中，澆上成湯略黏稠醋汁，然後裝盤上桌了。

成菜魚身完整，魚肉外翻，成鮮活狀，光澤銀白，色、香、味、形，都很得宜誘人；尤其旅途勞累，酸香魚肉魚汁拌飯下酒，真是疲累盡去，所以這道菜，很快就擄獲食客的胃，都對師傅的技藝，讚賞不已。

名人加持

樓外樓的西湖醋魚之所以有名，是有原因的。固然是這道菜酸香滑口，秀色可餐，其實，另外還有兩個原因：

首先是店名的出名。「樓外樓」建於清朝光緒年間，它的名稱可是要和當代學者俞樾有關。俞樾是晚清名重一時的國學大師，影響遠及日本、韓國，主講於西湖孤山詁經精舍長達三十一年。居住在杭州廣化寺東面的俞樓，前往拜訪請益的人很多，因為杭州當地河魚鮮美價廉，俞家便多以「西湖醋魚」宴客。不知不覺，能夠一嚐「西湖醋魚」成為當地讀書士人及鄉紳的榮耀。在大家都渴望一嚐的當下，便有腦筋動得快的人在俞樓外開了一家菜館，當然主要招牌菜就是「西湖醋魚」。菜館在俞樓外，湊巧南宋詩人林升曾有一詩云：

山外青山樓外樓，西湖歌舞幾時休；暖風薰得遊人醉，直把杭州當汴州。

詩中的杭州之景多麼別致，有人就建議命名為「樓外樓菜館」吧！久而久之，只要說「樓外樓」，大家就知道是哪兒了。

感人故事

再來就是關於「西湖醋魚」還有一個流傳的感人故事：

南宋年間，杭州城裡住有一對姓宋的兄弟，以打魚維生，哥哥取了一房賢慧媳婦，料理家事，勤勞聰明，一家人生活和樂。

有一天，哥哥病了，宋妻和弟弟自然焦慮萬分，可是家裡並不富裕，買不起貴重的食物給丈夫進補。著急中，宋妻想到用自家捕來的草魚，魚肉有營養又易消化，水煮後加上薑、醋、酒等調味料，一定能使丈夫開胃。於是毫不考慮的烹製起來，拿給丈夫吃後，丈夫覺得味道佳妙，全身清暢，胃口大開。幾天後，病情好轉，很快就痊癒了。

江南地方河魚豐盛便宜，之後，夫妻二人同小叔便賣起這道「西湖醋魚」了。杭州本來就是京城大道，人來人往，做出口碑後更是遠近馳名。當地一名惡豪看上了年輕貌美的宋妻，為了占有宋妻，設計陷害了哥哥，宋氏叔嫂悲痛萬分，兩人狀告不成，又遭惡豪追殺，叔嫂為了避難，決定分頭逃躲，暫求棲身。臨別前，宋妻特別燒了一盤「西湖醋魚」給小叔吃。

小叔一吃，問道：「嫂嫂，今天的魚為何不同於往日，有些甜味，但是酸味重了，又加了辣椒呢？」宋妻含淚回應：「這是希望你能平安在外，也希望你在外不要忘記你哥哥的慘死；有朝一日，若你的日子甜了，更不要忘了嫂嫂我飲恨的辛酸。」

兩年後，因為弟弟發憤圖強中了進士，分派為官，回到杭州，替哥哥洗刷冤情也報了殺兄之仇，但是一直尋訪不到嫂嫂的下落，內心非常掛念。

一天，弟弟赴宴到一士紳家裡，在席間吃到了和離家時味道一模一樣的醋魚。弟弟大驚，不斷追問，堅持請出廚娘，一看，正是自己的嫂嫂。

叔嫂重逢，悲欣交集，從此弟弟待嫂如母，傳為佳話。所以「西湖醋魚」又名「叔嫂傳珍」或「宋嫂魚」。

賢婦巧心和體貼

宋妻又想到老人牙齒不好吃魚的不方便，又將西湖醋魚的製法稍微變化一下，將魚斬頭去尾，用蒸籠將魚身蒸熟，剔去魚骨，將純淨魚肉加入熟火腿絲、筍絲、香菇絲、蛋黃（或豆腐丁）、蔥、薑、酒、醋、等燒煮成魚羹，色澤彩炫舒雅，入口新嫩滑潤。這道菜後人就稱為「宋嫂魚羹」，由於味美如蟹，又有人加封為「賽蟹羹」了。

而今天的廚師們在調理「西湖醋魚」、「宋嫂魚羹」時，已經再加以改良和創新，味道變得更好，更取悅各地多種口味的遊客了。

回想我來杭州數次，曾在不同飯店用餐，都享用了美味的「西湖醋魚」，尤其第一次和八十歲的父親遊杭州，「宋嫂魚羹」讓他連吃兩碗飯。啊！真懷念父親那貪吃、滿足的神情。

江南美食。

濃嫩香甜東坡肉

蘇東坡在杭州做了很多造福百姓的事，杭州老百姓為了感激蘇東坡的德政，就送了許多他愛吃的豬肉給他。蘇東坡收到那麼多肉，燒成燜肉，分贈給參予蘇堤作業的所有民工。因為太好吃了，又是蘇東坡烹製、贈送的，杭州人為了表示尊敬和紀念，便稱這肉為「東坡肉」。

女兒小時候，曾帶一位同學來家裡玩。晚餐時，我說要吃「東坡肉」。

小同學突然哭起來，他說不能吃東坡肉。

我們都被嚇到了。就說：不能吃就吃別的菜，好嗎？炸塊排骨好嗎？可是小同學還哭。

「東坡的肉怎麼還有？你們怎麼能吃『東坡的肉』？」

搞清楚了！可愛善良的小同學是被菜名「東坡肉」給弄糊塗了。的確嘛，天生鬼才蘇東坡尊敬、羨慕、供奉都來不及；不過，他調製的美食可是真的好吃，要趕快來吃才是享受。

東坡肉也是浙江名菜，這道菜的出名和調製，都與蘇東坡有關聯，雖然不是他首創，但是卻與他一起被人們津津樂道。

蘇東坡很喜歡吃豬肉，據說他一餐如果看不到豬肉，就食不下嚥。但是，沒錢買不起上肉，所以，廚房灶上經常燉著粗骨下肉。蘇東坡的政治生涯並不得意，因為寫詩被加以「誹謗朝廷」的罪名下獄，幸虧太后愛才免以死罪，放逐湖北黃崗。

當時湖北黃崗貧窮、荒涼，完全沒有開發，蘇東坡的日子過得簡單、清閒。

有一天，他的方外知交佛印大師來了。

佛印原本是個富家子弟。皇帝見他高大英俊，對佛理好像很有興趣的樣子，於是「保送」他去廟裡當和尚，他雖然被迫出家，卻仍然過著享受的日子。

蘇東坡和佛印品茗對弈時，灶上的豬肉傳來陣陣香味。蘇東坡知道佛印和他一般嗜好，也很愛吃豬肉，便端出燒肉兩人共食。不料，佛印在吃了豬肉後，竟然大搖其頭：「差矣！差矣！」蘇東坡見狀，表示不服：「難不成你這和尚燒肉會強過我？」

佛印笑而不答。

過了幾天，蘇東坡想起燒肉那事，便去寺裡找佛印。佛印不在，四下看看，仍然未見佛印蹤跡，忽然，聞到一股濃濃的燒肉香味。蘇東坡一個靈光，立刻知道究竟，順著香味過去，看見佛印正埋頭忙著紅燒燜肉。真香。

「你在煮什麼肉？真比我那廂燉豬肉美味？」

「可不是！同樣是豬肉，你燉的豬肉，味道少了一味。」聽了這話的蘇東坡，心裡真不是滋味，臉上露出不太相信的表情。佛印非常了解他的個性，從鍋裡夾起一塊，遞給他：「吃吃看！如何？」

蘇東坡毫不客氣的吃將了起來，沒想到那濃嫩香甜的滋味，軟而不爛，入口香甜，直教他一口接一口，捨不得停嘴。「味道怎麼會這麼好？」

「如今果真給我弄對了配料和做法。善哉，善哉！」

「待我確定手藝後告訴你！」

自此佛印每每燒了豬肉等待蘇東坡來品嚐，可是有一天，燒肉不知給誰偷吃了，蘇東坡就做了一首小詩：「遠公沽酒飲陶潛，佛印燒豬待子瞻；採得百花成蜜後，不知辛苦為誰甜？」

蘇東坡決定自己來燒好吃的豬肉。

佛印大方的透露心得：其實不過多加了酒和糖，並傳授他做法的技巧和火候的運用。

蘇東坡得了祕訣，興高采烈的回家研製，沒多久，青出於藍勝於藍，他挑選了白皮、有肥瘦夾雜的豬肉，用文火煨製出入口即化，有特殊酒香並且外觀油亮透紅，令人垂涎三尺的紅燒燜肉。以後，他常常製作這道菜請客，甚至將燉肉心得作成燉肉歌：

黃州好豬肉，價賤如糞土，富者不肯吃，貧者不解煮；
慢著火，少著水，火候足時他自美，每日起來打一碗，飽得自家君莫管。

仔細揣摩，東坡肉的訣竅就在其中。

後來，蘇東坡被調往杭州，他發現西湖被水草淤泥湮沒，就發動除草、去淤、疏通，把淤泥築成一道長堤，就是今天大家的蘇堤，使西湖恢復他的秀色。凡是到過杭州的人，都對蘇堤留下深刻美好的印象。

蘇東坡在杭州做了很多造福百姓的事，杭州老百姓為了感激蘇東坡的德政，就送了許多他愛吃的豬肉給他。

蘇東坡收到那麼多肉，燒成燜肉，分贈給參予蘇堤作業的所有民工。因為這種肉太好吃了，又是蘇東坡烹製、贈送的，杭州人為了表示尊敬和紀念，便稱這肉為「東坡肉」。同時，因為「東坡肉」的意義和美味著實動人，不久就相知滿天下了。

金華大火腿。

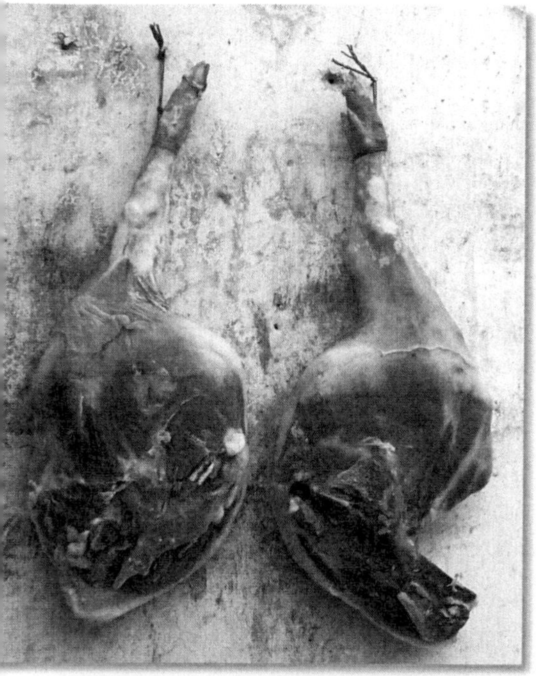

金華火腿

金華火腿因加工方法不同，品種很多，口味各異。最平常的鹹味火腿外，還有蔣腿、風腿、淡腿、糖腿、甜醬腿、果味腿等等。至於所謂「蔣腿」則是東陽縣上蔣村所作的火腿，尤其是蔣雪舫開設的火腿作坊，更是尚品，曾經是浙江省進獻給皇帝的貢品。

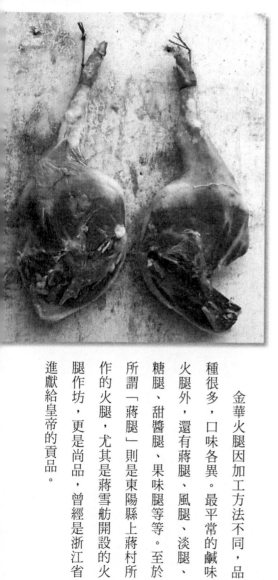

才到麗水市，隊友們就紛紛說起金華火腿了。說起吃，大家都是行家和饕客，各有一套。得之姐更是識途老馬，大家叮囑他：別忘了帶我們去買金華火腿。

「是啊，還要上蔣的『蔣腿』。」

甚麼是「上蔣的『蔣腿』？」我一向不善於烹調，對食材講究亦少，懂得亦少。

原來金華火腿因加工方法不同，所以品種很多，口味各異，有最平常的鹹味火腿外，還有蔣腿、風腿、淡腿、糖腿、甜醬腿、果味腿等等。至於所謂「蔣腿」是東陽縣上蔣村所作的火腿，尤其是蔣雪舫開設的火腿作坊，更是尚品，曾經是浙江省進獻給皇帝的貢品。

對於食物，有時我實在不講究。記得有一次，朋友請我吃飯，其中有一道乳白鮮香的湯品，就是金華火腿加入排骨和其他食材，熬煮五六小時出來的高湯。朋友說是很貴的火腿。我卻很白目的問：火腿一定要很貴嗎？不都是豬腿？

其實火腿被視為中國或浙江特產，而金華火腿又被視為是最好的，有幾個重要原因：

一、使用的材料為當地特有稀奇的一種頭部和臀部是黑色、身體是白色的涼種豬，這種豬皮薄骨細，精肉多肥油少，肉嫩味鮮。

對於這種豬，我知道：名叫「兩頭烏」，很可愛，我曾經取像來作畫。

二、品質要求嚴格，豬腿每隻標準在三千～三千兩百五十克，還有豬蹄兩趾須朝裡，蹄殼不能裂開，要完整，豬爪要彎，蹄色要白，達不到標準就淘汰剔除。

三、加工程序精細，手續十多道，每一道工都要確實到位，特別是，鹽要加得恰到好處，豬皮要用小刀修整光潔，按時洗曬，放置前抹上菜油，防止蟲蝕。

四、工夫精到，許多作火腿的師傅，都有著數十年的豐富經驗和嫻熟技術，製作出來的火腿皮色黃亮，肉色紅潤香味醇郁，滋味鮮美，色、香、味、形，俱佳。

關於第四點，我真的很同意。因為每回上台北，南門市場裡幾個專賣金華火腿的鋪子，案上一塊塊切得齊整的火腿都好像藝術品。

我很少買金華火腿，偶爾過年時買上一小塊。但是來到金華，吃一客火腿炒飯、喝一盅火腿煲湯，真是幸福。

我尤其喜歡金華火腿的故事：

宋高宗時，金人亂國，鎮守金華府的名將宗澤，是出了名的忠心愛國，他所有的部下都在身上刻了「赤心報國，誓殺金賊」八個字，也就是歷史上著名的「八字軍」，「八字軍」英勇無比，所向無敵，收復了大宋不少江山。

由於戰爭，糧食短缺，又不易保存，宗澤為此常常煩惱，不知要用什麼方法才能使軍士們在戰地沒有後顧之憂，能夠精神百倍為國拚命。

終於，他想到使用老方法——醃肉。就命令運糧兵將整頭豬串起，抹上鹽，蓋上布，一路出發，隔些時辰就抹上一層鹽，如此反覆作業，豬肉就可以長久保存，送到戰地，那些作戰的軍士們就不愁沒東西吃了。

那些運糧兵一面加緊趕路，一面在豬肉上不時加鹽抹塗，唯恐壞掉就要餓死前方戰士。豬肉就在風裡吹、雨裡淋的情況下，翻過山越過嶺的運送，終於抵達戰場。

戰場上的軍士們看到運糧兵，欣喜不已。掀開布蓋，各個睜大了眼，運糧兵也嚇了一跳，原來，整頭豬竟然變得顏色似火，並且香氣撲鼻呢！

軍廚小心翼翼割下一塊肉，拿去煮湯，結果竟美味非凡，大家都爭著吃；日子久了，還發現了吃這種肉的腿部，受傷的軍士們傷口好得特別快。就這樣，這種豬腿肉一時流行起來，甚至傳到了宋高宗耳裡，宋高宗得知是宗澤發明的腌豬腿，特命他晉見。宗澤在晉見高宗的時候也特別獻上他創發的腌豬腿。高宗見腌豬腿其色如火，香氣淳厚，又來自金華，就親賜「金華火腿」名號。從此，腌豬腿就擁有了肉品中的最高榮譽。說到這，問問聰明的你：火腿業者供奉的老祖師爺是誰啊？

當然，因為如此，火腿業者都供奉宗澤為老祖宗了。

來到金華，餐飲裡有蜜汁火腿，切得薄如紙的火腿肉片，甜中微鹹，夾上薄吐司，有享受點心的浪漫，又有吃正餐的營養，怎能不大快朵頤？

帶著幸福的心情，享受當下的食物，憶追著這食物的遙遙遠遠的來由，還有什麼食物不可口呢？

生活風格類　PE0006

戀戀天堂
——杭浙遊

作　　者／陳亞南
責任編輯／孫偉迪
圖文排版／蔡瑋中
封面設計／陳佩蓉

發 行 人／宋政坤
法律顧問／毛國樑　律師
印製出版／秀威資訊科技股份有限公司
114台北市內湖區瑞光路76巷65號1樓
電話：+886-2-2796-3638　傳真：+886-2-2796-1377
http://www.showwe.com.tw
劃撥帳號／19563868　戶名：秀威資訊科技股份有限公司
讀者服務信箱：service@showwe.com.tw
展售門市／國家書店（松江門市）
104台北市中山區松江路209號1樓
電話：+886-2-2518-0207　傳真：+886-2-2518-0778
網路訂購／秀威網路書店：http://www.bodbooks.tw
國家網路書店：http://www.govbooks.com.tw
圖書經銷／紅螞蟻圖書有限公司
114台北市內湖區舊宗路二段121巷28、32號4樓
電話：+886-2-2795-3656　傳真：+886-2-2795-4100

2011年2月BOD一版
定價：320元

國家圖書館出版品預行編目

戀戀天堂 : 杭浙遊 / 陳亞南著. -- 一版. -- 臺北市 :
秀威資訊科技, 2011. 02
面； 公分. --（生活風格類 ; PE0006）
BOD版
ISBN 978-986-221-695-8（平裝）

855　　99025826

讀者回函卡

感謝您購買本書，為提升服務品質，請填妥以下資料，將讀者回函卡直接寄回或傳真本公司，收到您的寶貴意見後，我們會收藏記錄及檢討，謝謝！

如您需要了解本公司最新出版書目、購書優惠或企劃活動，歡迎您上網查詢或下載相關資料：http:// www.showwe.com.tw

您購買的書名：________________________________

出生日期：________年________月________日

學歷：□高中（含）以下　□大專　□研究所（含）以上

職業：□製造業　□金融業　□資訊業　□軍警　□傳播業　□自由業

□服務業　□公務員　□教職　□學生　□家管　□其它_____

購書地點：□網路書店　□實體書店　□書展　□郵購　□贈閱　□其他

您從何得知本書的消息？

□網路書店　□實體書店　□網路搜尋　□電子報　□書訊　□雜誌

□傳播媒體　□親友推薦　□網站推薦　□部落格　□其他__________

您對本書的評價：（請填代號　1.非常滿意　2.滿意　3.尚可　4.再改進）

封面設計____　版面編排____　內容____　文／譯筆____　價格____

讀完書後您覺得：

□很有收穫　□有收穫　□收穫不多　□沒收穫

對我們的建議：________________________________

____

____

____

請貼
郵票

11466
台北市內湖區瑞光路 76 巷 65 號 1 樓
秀威資訊科技股份有限公司 收
BOD 數位出版事業部

（請沿線對折寄回，謝謝！）

姓　　名：＿＿＿＿＿＿＿＿　年齡：＿＿＿＿　性別：□女　□男

郵遞區號：□□□□□

地　　址：＿＿＿＿＿＿＿＿＿＿＿＿＿＿＿＿

聯絡電話：(日)＿＿＿＿＿＿＿＿　(夜)＿＿＿＿＿＿＿＿

E-mail：＿＿＿＿＿＿＿＿＿＿＿＿＿＿＿＿